情歌飞花

尹跃翔 著

文化发展出版社
Cultural Development Press
· 北京 ·

图书在版编目(CIP)数据

情歌飞花 / 尹跃翔著. — 北京：文化发展出版社，2023.1

ISBN 978-7-5142-3739-9

Ⅰ. ①情… Ⅱ. ①尹… Ⅲ. ①诗集－中国－当代 Ⅳ. ①I227

中国版本图书馆CIP数据核字(2022)第118179号

情歌飞花

尹跃翔 著

责任编辑：周 蕾

出版发行：文化发展出版社（北京市翠微路 2 号 邮编：100036）

网 址：www.wenhuafazhan.com

经 销：全国新华书店

印 刷：唐山楠萍印务有限公司

开 本：710mm × 1000mm 1/16

字 数：220 千字

印 张：15

版 次：2023 年 1 月第 1 版

印 次：2023 年 1 月第 1 次印刷

定 价：55.00 元

I S B N：978-7-5142-3739-9

◆ 如有印装质量问题，请电话联系：13121110935

著名评论家、茅盾文学奖评委李星

《龙桥新韵——三原当代文学作品选》诗歌方阵中虽然也有不少佳作，但最令笔者意外的是尹跃翔《你在我心中》（外二首）和《融入春天》（外三首）等8首诗，它们共同的优点是超越了当前诗歌创作中普遍存在的语言的雕琢、意象的错乱、意境的晦涩不明，真正做到了在朴素、自然，亲切、流畅中实现了情的真、意义的深邃和意境的高远，这是来自现实社会真实生活和情感、思想的诗，也是真正找到了属于自己的诗歌语言的诗，是人们能读懂、受感动，并产生深切共鸣的诗。如针对原本生长在自然山野，却在城镇公园化的浪潮中，被砍头、削根、栽进城市的大树的《致大树》："头砍了／你还走／带着乡村的芳香／根断了／你还走／带着乡村的安静／不流一点血／不流一滴泪／你憨厚结实／头都不回／……离别了乡村黎明前的黑暗／黄昏时节浓浓的炊烟／离别了生你养你的乡土／还有那片清朗的蓝天……"这是一幅多么违背自然规律，急功近利，戕害自然的金钱交易图啊！没有人反对，树也不会抗争，但是我们的诗人却敏锐地发现了这里的乖谬，发出了悲天悯人的呼喊，多么勇敢，多么令人感动！而《年轻的朋友，我问你？！》则是对当今许多年轻人面对种种的社会问题以及自己人生的困境，只知怨天尤人、悲伤、愤激的社会心态，所发出的最理性的声音，"年轻的朋友／我问你／再正义的怨愤／能否振兴我们的中华民族／再伟大的感伤／能否富裕我们贫困的国度／再尖锐的讽刺／能否将台湾统一／同胞聚首"。这里不只有批评、提醒，还有实事求是的建议，将心比心的理解，老实说，笔者近年来已经很少阅读诗歌，这不仅是因为忙，也是觉得一些诗离现实太远，诗人的内心世界过于玄妙，而尹跃翔的诗我却忍不住要读下去，本书的编者在寸纸寸金的篇幅中，却慷慨地收录了他的8首诗，可能也有同感吧?

——摘自《龙桥新韵——三原当代文学作品选》序言

尹跃翔的诗，来自他对生活的感悟，他能够从日常细碎的点滴亮光中体会诗意的照耀，具有时间的延展性和空间上的质感，让自我的经验焕发出多彩的光芒。他以一颗敏感的心灵获得了精神上的解放。

——咸阳市诗歌学会会长：凌晓晨

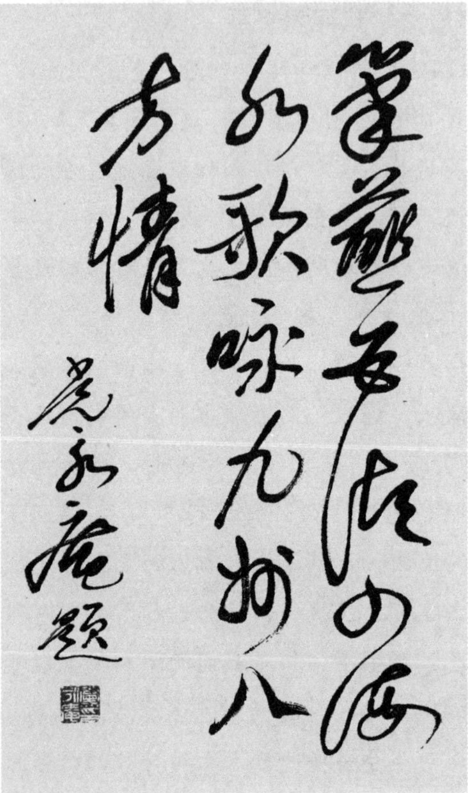

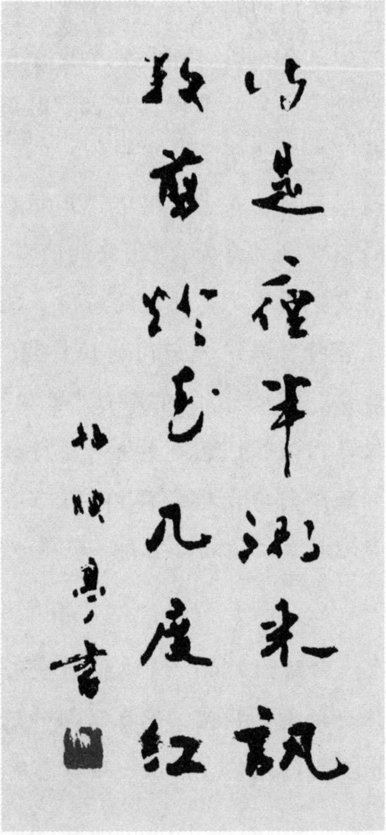

2017年11月，全省行业作协主席培训会上和贾平凹合影

2020年1月，在咸阳诗歌年会上和王海合影

2017年10月，在三原于右任故居和白描（中）、吴树民（左）合影

2010 年 12 月，在李星家合影

2020 年 1 月，在咸阳诗歌年会上和董信义合影

2016 年 1 月，在党永庵家合影

2017 年 11 月，在肖云儒工作室合影

2017 年 11 月，在杨焕亭工作室合影

2020 年 1 月，在咸阳诗歌年会上和凌晓晨合影

2018 年 10 月 20 日，淳化县方里中学 79 级高一（三）班在母校聚会合影

乡愁书写与诗人的诗性初心
——尹跃翔诗集《情歌飞花》序

杨焕亭

尹跃翔是我多年的老朋友，早在二十世纪八十年代，我还在渭北高原腹地的县级媒体工作时，正处在青春奋发期的他是我斗室的常客。那时候，他充满激情，“丈夫志，当景盛，耻疏闲”，我们在一起谈生活，谈人生，谈理想，也谈他的诗歌作品。我在媒体上办了一个《文学之窗》栏目，常常拿了他的诗作去播。以后，我来到城市，一个偶然的机会去三原县检查工作，再度与跃翔相遇，才知道他后来去了三原，并且做到了三原县技术监督局副局长。相坐品茗，谈起这些天各一方的经历，知他热爱生活的激情不改，拥抱诗歌的初心不改。后来，我应时任三原县作协主席的吴树民先生之邀，为他主持编写的《三原文学作品选》撰写评论文章，在这一方百花竞艳的芳园里，我读到了跃翔的八首新作。那闪耀在字里行间的艺术敏感，那跃动在作品节奏中的艺术灵动，那透视生活的犀利目光，那挥之不去的家国忧思，给我留下了深刻的印象，记得曾经用一大段文字重点点评了他的作品。缘于此，当他将厚厚的诗稿交给我，并且邀我为他作序时，我没有丝毫的意外，及至读完那些缀结在日子青藤上的诗篇后，就为他的诗性初心和强烈的使命意识所感动。

我在这部集子中读出了一种黏稠的大乡愁诗绪。从迤逦起伏、沟壑纵横的渭北高原，到嵯峨屏障，沃野千畴的平原，诗人行走的脚步丈量的是时代的风雨变迁，岁月的沧海桑田，携带的是浓郁的乡思。从《致同在异乡的人》到《我想你了，淳化》；从《柴垛》到《三原小街》；从《回望》到《树梢的柿子》，每一个句子都散发着炊烟的人性温暖，闪烁着柴垛背后的纯稚目光，流淌着小街的人情乡韵，蜿蜒着柿树枝头的秋风秋色，凝结成挥之不去的缱绻回望。值得注意的是，这种情思与文学的当下性融合，就被涂上了一种新乡愁的特质。它不同于旧时封建士大夫的“故园东望路漫漫，双袖龙钟泪不干”；也不同于流落易国他乡的“故乡今夜思千里，霜鬓明朝又一年”，从生命绽出的状态说，它是一种工业时代生命流荡的“漂移”情怀，它虽然植根于传统乡愁所彰显的家园意识，却在内涵上大大地丰富了。那里有两种文明的落差与撞击，“每年，过完年／临走时母亲总把入冬时／腌制的黄菜，小蒜／给我带上一点／回到城里家里人总是把它放到一边／说：‘气味难闻家里人都吃不习惯’／每次我取出吃时都泪流满面”（《不想过年》）；有对于乡村品格的释读，“丰收了……这时我发现麦子在长／长成了农民大哥的脊梁”（《收割》）；有站在故乡山梁上，对生命价值的思考，“我放眼在河流远去的地平线上／梳理着我凌乱的头发和沉重的翅膀／用水花编织着我河的流向／把我的梦想种进浑厚的肥美土壤”（《梳理》）。从而把乡情提升到生命诗学的高度，它所追寻的是足以安妥心灵的精神家园，是对人在大自然中地位的理性定位和对大自然的诗意崇拜，用马克思的话说，就是回归于人的本质与自然的原初的、本然的联系。

正是这种大乡愁赋予尹跃翔的作品以强烈的文化批判力量。当我们陶醉于在“人类中心主义”驱使下对自然的每一步胜利时，恰恰孕育了对自然“现代性”破坏的潜在危机，现代人的心灵已经“无家可归”，随处漂泊于“技术性座架构成的现代景观世界之中”，五花八门的现代生产与消费甚至使人忘记了大自然的存在。因此，《村庄不见了》，“哐当、哐当的砍树声／毁掉了村庄的容颜／轰隆轰隆的机器声／压碎了村庄的脊梁”，于是，乡愁成了诗人“写不完的忧伤”，向天诘问“麻雀、燕子是否还能重返这个村庄／务工的大哥、留守儿童是否还能记住这片故土”。这种批判，在《致大树》中，直指人类中心主义对大自然规律的蔑视和践踏，“离别了乡村黎明前的黑暗／黄昏时节浓浓的炊烟／离别了生你养你的乡土／还有那片清朗的蓝天／城市啊城市／迎接你的是五花八门轰隆隆的噪声”，而那种令人类忘记了从哪里来，向哪里去的浮华和虚荣，让大自然丧失了“浑然一体单纯的本色／不怕沙尘不怕风暴的坚强性格／……失去灵敏情感／变得饱经沧桑呆板”，而当它的本性被“扭曲畸形”时，也就意味着我们正在丧失人类曾经引以为自豪的精神天地，而成为离开心灵家园的“幸福”的流浪者。一部《情歌飞花》，一辑“土地情怀”，诗人这样的批判俯拾皆是，读来发人深省，据此不难看出，尹跃翔对于诗性初心的矢志坚守。然而，这种批判在尹跃翔那里始终是与构建信仰世界联系在一起的，诗人所有的情结都在于寻找精神的彼岸，“我望着窗外，哎／爷爷、母亲想我了／该回家了”，于是，现实在眼前展开新的风景，“清河奔腾的流水／会给龙桥新韵重新打一个崭新的死结／……新的地位会在新的征途上书写”［《三原（组诗）》］；生命在新的起点上启航，“奔腾的泾河，从泾惠渠缓缓流过／把温暖、欢乐、喜悦、笑声／留给了这片浑厚肥美的大地”（《泾阳》）；历史因为诗人的初心而凝结成新的诗篇，“郑国渠在这里树立起了千古一渠的历史丰碑／雷抒雁在这里锤炼出了千古诗篇《小草在歌唱》”（《泾阳》）。这一切，通过《年轻的朋友，我问你？！》而浇铸成信仰的碑石，那些“难道说／昨天的誓言只是谎存／难道说／崇高的理想尽属浮云”燃烧诗句，无论如何都是振聋发聩，动人魂魄的。这样，尹跃翔就通过自己个性的诗语实现了理想的审美表达，诚如黑格尔所说：诗的“首要任务，在于使人认识精神生活的各种力量……人只有在认识他自己和周围的事物时，才是符合他本身的存在规律而存在着……而向他提供这种认识的，就是形式符合实体内容的诗”。

对于人的关注，是尹跃翔乡愁书写的重要组成部分。德国著名哲学家海德格尔认为，存在始终与人有必然的联系，和人的生活、生存密切相关。因此，人不是因为思而求证自己的存在，而是因为“存在”而思。思成为人的"类特征"。因此，不是"我思故我在"，而是"我在故我思"，这一切，在尹跃翔的作品中，集中地表现为对人的"爱"。其间不乏炽热执着的痴情"小爱"，而更多的是负载着人文温暖的"大爱"，这二者在跃翔那里是统一而又协调的。一组《真情无价》，将诗人讴歌人间真爱，礼赞人文大爱的诗情宣泄得如火如风，如花如雨。如果说，《只要你愿意》《今晚，我特别想你》等作品，婉约而又柔丽地表达诗人对于爱情刻骨铭心、地老天荒的向往，那么，《妹妹》则承载了诗人对于从黄土地怀抱中走进城市的"妹妹"多重的、复杂的情感，妹妹进城打工，"是一本读不懂的诗集"，而她一旦回到乡村，却"是一株火红的高粱"，诗人借助"妹妹"这个意象，深刻地表现了两种文化的隔膜和碰撞对于一代青春命运的雕凿。诗人不无忧思地写道，"我不敢看妹妹的眼睛／荒凉还是丰硕的／也不敢说这是季节／也许这是盛世的角落／也许还是时代的悲歌"，丰硕与荒凉、欢歌与悲剧，交织而又冲突，正是文化多元岁月的特征。它进入诗人的审美视野，就被读为一种生命生态。如此，"妹妹"这个意象就远远地超越它自身，而成为一种文化象征，传递着诗人对于人的存在与尊严的关注，这既是诗人的初心，更是诗歌的使命和责任。"故乡不仅是地理意义的故乡，故乡的另一个层面是人，我更看重这个层面的故乡。"（阿多尼斯语）

我向来不主张"为文学的人生"这种理念，而主张"为人生的文学"，然而，跃翔却给了我他就是为诗歌而生的强烈印象。一辑《诗心如花》，把诗人挚爱诗歌，拥抱诗歌，伴走诗歌的情怀跃然纸上，读来令人心潮翻卷，浮想联翩，《我的诗在风里》《我的诗在云里》的"与温暖没有距离"，《无题》里"在床上做得最多的是梦和诗"，处处可见诗人对诗性初心的守望。诗性初心是标示诗人对创作主体历史方位与时代责任自觉认知的美学范畴。唐代诗人王维词云："学道须当猛烈，始终确守初心。纤毫物欲不相侵。方得神凝气定。"在这个物欲横流的年月，跃翔的这种坚守无疑是难能可贵的，热切地希望尹跃翔沿着自己　开的路子走下去，走出属于自己的风采，用更多的作品装点生活，传递大爱，温暖人间。

（本文作者系中国作家协会会员、咸阳市作家协会原主席）

2019年9月6日于咸阳

杨焕亭，中国作家协会会员，咸阳市作家协会原主席。发表作品500余万字，出版有散文集、学术专著、纪实文学、长篇小说等12部。长篇小说《汉武大帝》（全三册）获湖北省“五个一工程奖”。作品多次获得省级奖并入选多种文集。长篇小说《武则天》（全三册）出版后，被评论界人士誉为“当之无愧的当代历史小说大家”。

直面现实生活　充满故乡情恋
——尹跃翔诗集《情歌飞花》序

吴树民

如果说诗歌是姹紫嫣红的花海，尹跃翔的诗歌就是花海里的鲜花一瓣；如果说诗歌是波涛起伏的汪洋，尹跃翔的诗歌就是汪洋里的浪花一朵；如果说诗歌是傲霜凌雪的寒梅，尹跃翔的诗歌就是挺立的蜡梅一枝；如果说诗歌是浩瀚无垠的星空，尹跃翔的诗歌就是那明亮的一颗；如果说诗歌是震撼天地的雷电，尹跃翔的诗歌就是那劈开阴霾的闪烁电光……

尹跃翔是一个诗痴：七十年代初，我供职于三原县文化馆创作组。跃翔的家在淳化县方里镇，距离三原县一百余里，那时不通公交车，经济拮据的他又买不起自行车，跃翔多次到三原县文化馆来学习，竟然全是步行：走过蜿蜒陡峭的七里长坡，奔行泥泞坎坷的漫长乡道，涉过弯弯曲曲的深沟小河，到三原县文化馆找我学习诗歌创作……他是用铿锵的脚步，丈量自己对文学事业追求的毅力和高度；他是用热诚的汗水，浇灌自己心中那颗诗歌的种子早日出土萌芽、伸枝展叶！

花开花落，燕去雁来。经过数十年的积淀和探索，他炽烈的诗情，像积蓄日久的岩浆激烈迸发，像大坝拦截的洪流汹涌澎湃，像春风掠过的花园百花吐艳。他或浅吟低唱，或纵情高歌，诉说着他对新中国、新时代、新变化、新日月的感知、体验、认识和情愫，化作一首首诗歌，馨香于晴朗的天空，芬芳在多彩的大地。

自改革开放至2012年，三原作者在省内外报刊发表文学作品5000多篇（首）、出版文学作品41部。我奉命从这些作品中编选《龙桥新韵——三原当代文学作品选》，尹跃翔的诗歌让我眼前一亮：朴素，自然，亲切；语言明快，形象生动，意境鲜活。那诗篇中的火热激情，那诗行里的家国情怀，那构思时的新颖视角，那挥笔时的艺术灵动，能让人产生强烈的共鸣。同时引起我共鸣的，还有明波的歌词。按照编委会的规定：每位作者被收入的作品，最多4篇（首），经过反复阅读、比较、权衡，尹跃翔的8首诗歌和明波的6首歌词，让人难以弃舍。经过几次力争，仍然无法通过。最后，我向编委会提出，去掉我的所有入选作品，保障这些作品得以入选。当时，我作为县作协主席，扶持新人，本来就是义不容辞的义务。编委会主任郭宝彦闻讯，甚为震撼，拍板决定，开启绿灯，破例让这些作品得以入选。茅盾文学奖评委、著名文艺评论家李星应邀为《龙桥新韵——三原当代文学作品选》作序时，我们并没有暗示或明确指点评论那些作品。然而，序言涉及诗歌部分时，对尹跃翔的8首诗歌却大加赞赏。可谓“心有灵犀一点通”啊！

尹跃翔诗歌涉及的题材广泛：青春、婚恋、高山、长河，城镇的霓虹、乡村的沟壑、宽阔的大道、梯田的喜悦、文物的价值、历史的拷问、人生的缺憾、社会的不公、环保的忧思……有对多彩时代、丰收凯歌的描绘赞美，也有对世事浮华、现状错愕的反思批判。在消费社会的现实语境中，诗人应该坚守诗意的精神家园，感悟人生，切中时弊，咀嚼生活，讴歌美梦，反映出当代民众生存状态和命运变迁的深刻体验。从这个意义上讲，尹跃翔的诗歌基本做到了。

纵观尹跃翔的这部诗集，有以下几个鲜明特点：

一、对故乡的讴歌和忧虑。在跃翔的诗歌中，他生长的故乡和他工作的故乡，一样美丽多姿，让人充满思念和乡愁。淳化故乡的松林、直道、老井、枯树、绿草、绵羊、村姑、憨娃、柴垛、炊烟、麻雀、野鸽、洋芋疙瘩、玉米稀饭、原峁沟垴、流水碧湖、排排窑洞、层层果林……无不让人魂牵梦萦。三原街巷的花伞、细语、广场、剧院、城隍庙、古龙桥、林荫道、霓虹灯、蓼花糖、疙瘩面、泡泡油糕、金线油塔、臊子粘面、荞麦饸饹、书法之乡的文化积淀、秦腔正宗的悲怆雄浑……无不让人感奋雄起。在《我想你了，淳化》和《三原小街》两首诗中，作者对故乡的热爱，表现得淋漓尽致。

故乡日新月异，新人新事新景象，令人目不暇接。村民用上了天然气，不再受烟熏火燎之苦，然而也有不尽如人意之处。如在《炊烟的味道》中，“庞大的输气管道／难应急万家燃气炉的饥饿”。

“妹妹／是山巅树丛飘浮的一片彩云／是谷底河边盛开的一朵荷花／是寒冬温暖的一轮骄阳／是盛夏清凉的一股微风……”可是，“妹妹打工去繁华的城市／是一本读不懂的诗集……”妹妹为什么要离开农村？农村的生存太难太苦：“妹妹在沟畔的风雪里砍柴／粗粝的镰把／把妹妹雪白细嫩的手震裂／血滴染红了刺目的白雪……”改变农村的面貌，已经刻不容缓。社会主义新农村，已经插上腾飞的翅膀。诗人豪放地向妹妹承诺，“妹妹／不要羡慕天堂／再等两年三年／让我也站在秦岭之上／像秦皇汉武大手一挥／将天下千百种豆米果蔬／让你畅怀品尝”。

这么如诗如画的美好农村，由于城市化进程、村庄人迁移，有可能变得空旷和落寞，诗人的内心深处不无担忧。在《守不住的村庄》中，诗人叹息，“村庄留守人员结构的老化／守住村庄的时间还能持续多久”？诗人对故乡明天的凝望和忧虑溢于言表。

二、对生活的解剖与批判。生活，永远不会是单行道。而今百姓的生存状态，充满了酸甜苦辣咸。日月明显好得多了，然而，老一辈永远无法忘记逝去的艰难岁月。跃翔在《不想过年》中，揭开了厚厚帷幕的一角，“每年过年回去／母亲总要给我烤红芋吃／我现在胃不好／吃了红芋胃总是发酸／母亲每次总要亲手烤红芋／掰成两截一截给我一截给弟／说：‘你俩快吃，小时候你哥吃不够，为吃红芋我还打了他一顿！’／啃着热腾腾的红芋／幸福的泪水掉进了心窝／顿时胃病就好了一半／却又产生新的心酸”当年的日子，重现眼前；母亲的关爱，令人心酸！

外出的打工小伙姑娘，和故乡梁上的燕子一样。诗人深情地诉说，“燕子，不论你飞到天涯海角／……我的心都伴着你的心／一起跳跃／不论你变成大海里的一朵浪花／还是化作天山上的一枝雪莲／……记着有一个人／天天把你牵挂”（《燕子》）。对远去燕子的祝愿，对心上姑娘的期盼，让人动容。

三、对时代的赞美及期盼。跃翔的诗歌紧贴时代，处处流露出炽烈的家国情怀。在《心声》中，“我站在云头／望着故乡的山川／……告诉大槐树底下那位老娘／让她别等了／……钓鱼岛／你儿子守护，回来还得几天／我站在云头／望着故乡的嵯峨山／看见……一群大娘老汉／跪倒在地望着南飞的大雁／让大雁飞到海边／别忘了给我喊一声／儿子呀！祖国的大好河山寸土不能让／爹娘的决心像嵯峨山的石头一样坚硬”。

改革开放的大潮，席卷神州大地。美丽的家乡，也《融入春天》，“春雨悠悠地下／春风轻轻地吹／……离冬天远了／父亲带着湿漉漉的爱／融入了花园、菜园、果园／……爷爷的庄园／又多几棵初生的小草”。

村民的觉悟，随着时代的发展，与时俱进。在《这个地方》，“就在这个偏僻的角落／出土了震撼世界的西周大铜鼎／发现这一奇迹的爷爷／无偿地把它献给国家”。

生活中的“你我他”，都在为祖国的腾飞助力。跃翔敏锐地抓住了这一时代的宏图壮景，在《我们》一诗中，纵情讴歌，“让我们迎着太阳追着月亮／展示我们的力量／让我们成为东方巨龙身上的一片鳞甲”。

生活，不可能尽是“莺歌燕舞，流水潺溪”，依然有许多不尽如人意的地方。为了城市绿荫婆娑，许多乡村的大树被连根拔起。面对人类对大自然的残酷践踏，面对重城市而轻农村的错误倾向，诗人在《致大树》中用带血的声音，愤怒地呼喊：“头砍了／你还走／带着乡村的芳香／根断了／你还走／带着乡村的安静……”把人类对大自然的蔑视和践踏，把世俗对美好的畸化与扭曲，表现得入木三分。这首诗，犹如黄钟大吕，震响在天地之间，催促世人尽快反省自己的荒唐举措。

随着工业化的进程，诗人也注意到环境污染的严重，在《古桥上联想》中心情沉重地指出，“古桥下流着的是哪个朝代的河／河水里夹杂着谁的生活遗物……桥上行人无论是远客……倒影都是一片黑色”！这是在告诫和呼吁，必须尽快治理污染，还故乡原有的绿水青山。因为绿水青山，就是金山银山啊！

“诗言志，歌永言，声依永，律和声。”（《尚书　虞书　舜典》）在我们这个历史悠久的古老国度里，诗歌有着极其特殊而重要的地位。从古体诗到近体诗，从格律诗到自由诗，一代代的诗人都以生花妙笔写下了无数优美的诗篇，传之后世，吟咏不绝。经过千百年岁月的淘洗，这些诗歌已成为超越时空的经典，撞击着一代又一代读者的心灵。

诗歌的最高境界，应是意念与想象结合的腾飞和遨游，从而形成一种激情的爆发力，给人的心灵留下强烈的震颤和社会的哲思。以这个标准要求，尹跃翔的创作与诗歌，还存在一些值得探讨的问题。

一是少数诗句锤炼不足。在《爱》中“我爱忍受、克服、掩盖、安慰、平静、爆发的词句”，在《爱自己》中“累了，自己抱紧自己沉心静气地好好休息／激动了，放飞激情燃烧自己，哪怕彻夜不眠”这些诗句，明显有点拖沓。就是在大家公认比较优秀的诗篇《致大树》中，也有这样的个别句子，如“你将会是多娇的人恼烦肉麻，躯体老化”，需要锤炼。

二是标点符号时有时无。在近几十年的现代诗歌创作中，无标点、无韵律，也成为当代诗歌创作的时尚与通病。特别是无韵诗歌，不知和散文有何不同？尹跃翔在诗歌创作中，也未能免俗，有的诗行间有标点符号，有的没有；有的部分有，有的部分没有。

三是学习还需幻化创新。其中几首诗歌，作者在学习的过程中，尚未完全融化吸纳，如得到大家一致好评的《年轻的朋友，我问你？！》《读余光中的〈乡愁〉》《我们》，都有类似的缺憾。

在滚滚红尘之中、滔滔名利之前，尹跃翔是三原为数不多的几个以文学为唯一追求的作家之一。在他的诗歌中，绝难找到欺世媚俗的东西。

尹跃翔从青年时期就开始写诗，就深深地懂得“生活是文学艺术的唯一源泉”，他在《诗》和《我的诗在风里》就有这样明确的认知：“河里流着诗／山里藏着诗／花里开着诗／歌里唱着诗／空间放着诗／高粱长着诗／柳丝飘着诗／石头垒着诗／天上下着诗／门口站着诗／路上跑着诗／雾里蒙着诗／浪里滚着诗……”而今已于知天命之年的尹跃翔，虽然创作出不少大家赞誉的优秀诗篇，有的还获过奖，但是，绝不能浅尝辄止。

享有文学皇冠上明珠的诗歌，是人类精神创造的独特形式，是民族与国家文化高度的重要标志。从诗经、楚辞到唐诗宋词，再到百年来新诗的勃兴繁盛，诗歌在我国的历史长河中，为鼓舞民族斗志，凝聚民族精神，如战鼓、号角，发挥了不可替代的作用。当代诗人要艺术地体现民族灵魂和时代精神，必须胸中有大义、心里有人民、肩头有责任、笔下有乾坤，用诗作反映中国人的独特思想、炽热情感和崇高审美。

“以自然之眼观物，以自然之舌言情。”（王国维《人间词话》）希望跃翔一方面要继续向中国的传统诗词学习和研究，另一方面要广读博览和勤苦训练，以提升驾驭诗歌创作的能力。在深入生活、扎根人民的基础上，获得对变革时代和社会现实的深刻认知，把新时代获得的灵感运用到创作实践中去，以新的创意构思、新的题材内容、新的艺术表达，收获新的成果。如果词语、意象、句式、音韵、节奏，写百首如一首，没有出新、没有惊艳、没有生机，那就是停滞不前。诗人，要不停地改变视角，不停地刷新心境，不停地凝练诗意，以“两句三年得，一吟双泪流”（贾岛《题诗后》）和“为人性僻耽佳句，语不惊人死不休”（杜甫《江上值水如海势聊短述》）的精神，创作出属于这个伟大时代的更多、更美的新诗篇！

（刊于2020年第1期《三秦楹联》双月刊）

2020年1月18日

吴树民，中国作协会员，中国诗歌学会、中国散文学会、中国报告文学学会、中国楹联学会、中国民俗摄影协会会员；陕西省楹联学会、陕西省杂文协会常务理事，陕西省纪实文学学会副会长，西部报告文学研究会副会长。先后在国内外230多家传媒发表文学作品1600多篇；出版有报告文学集、诗集、长篇报告文学、散文集、游记集、中短篇小说集等10部500万字，《吴树民文集》五卷，200多万字；获奖63次。

目 录

第一辑　乡音袅袅

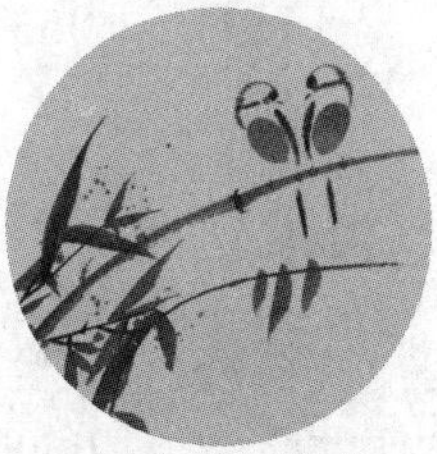

第二辑　真情无价

第四辑　土地情怀

第一辑　乡音袅袅

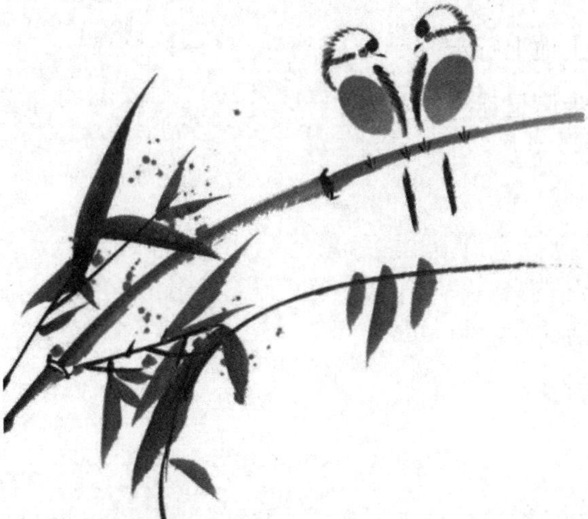

致同在异乡的人

在异乡
我认识的朋友成百上千
让我最深爱的
只有你一个

数十年
我听过的歌声成千上万
让我心灵激动战栗的
只有你的歌喉

在异乡
花团锦簇的土地上行走
最熟悉的脚步声是你的

在异乡
和亲朋嘉宾交流
最亲切的对话
是与你娓娓的乡音
传情温暖
在异乡

你这双小小的手伸向我
和你脉脉的紧握
呵，这比整个世界给予我的
还多还多

我想你了，淳化

我想你了
故乡——淳化
我想写一首诗为你放歌
把字字句句细心地编成花环
或者绣成洁白的荷花碎瓣
让它随着春风飘进辉煌的甘泉宫
落在甘泉湖的碧波中
挂在爷台山的洋槐林树梢
奔跑在笔直的秦直道上

淳化——故乡
我没有什么可送给你
我只能用文字给你挂满枝头的苹果写首诗
让人们读后垂涎三尺
我只能为你四十里黑松林七十二景
画七十二张画发表在百度上
让世人注目向往
我只能在饭后茶余给朋友讲述
那沉睡千年云陵尘封着的钩弋夫人
一段凄美忧伤的历史故事

我只能在人们炫耀自己慈母的时候
讲述淳化大鼎揭开西周文化的神秘面纱
震惊中外的爷台山反击战的壮丽场面
还有父老乡亲脱皮掉肉拼命干
奋战几十年用树填满了沟沟岔岔
绘就璀璨夺目绿色名县的画卷

故乡——淳化
我想扑入你的怀抱
躺在母亲的乳头之下
再像儿时一样饱餐一顿甜香的母乳
更想在淳化大街小巷农家院落
高档饭馆或者小小饸饹店
饱餐一顿浇汤饸饹、臊子面
荞面搓搓、驴蹄子
洋芋疙瘩、热搅团
玉米稀粥、红豆面

淳化，我想你了
无论是天晴天阴
无论阳光睡着还是醒着
无论是时间的手表停着走着
我想你的时候花总是开着
淳化，我不值得你骄傲
也不值得你记着我的微笑和名字
但是在淳化建设的诗集中
有一首朦胧诗把你我亲情相告

我想你了，淳化
愿百年之后
我能深情投入你的怀抱
让子孙给我盖上淳化温暖的厚土
愿我的骨头长成爷台山烈士碑旁
一棵青青的小草

柴垛

乡村的原畔、沟坡深藏着我的童年
收割柴火的脚印
一滴滴汗水
一朵朵飘忽不定的云彩
总跟着我虚幻的需要而奋斗

父亲的一声叮咛
惊飞了一群站在树梢
望着柴垛嬉闹的麻雀、野鸽
晨光融入了村庄初生的炊烟
给乡间天空蒙上一片蔚蓝的面纱

赶车的大哥一声吆喝
把一束束新鲜的青草柴根
装进了宽敞的车箱
一齐载回了村庄
放在金铜色的老地方

三十年过后
柴垛生成青烟

我望着那片底滩
仍能听见麻雀、野鸽的叫声
太阳照耀的味道
一颗童心不安、狂妄的雷声

三原小街

我和她
肩并肩
藏在一把小花伞下
走进雨天的油坊道小街
天上的细雨悠悠
伞下的细语绵绵
似一幅古铜色侣伴图

这是一个弯
弯过有灯无亮的广场
五光十色闪烁
是座苍老的剧院
那里演过《人生》、演过《决战》
后边是明德亭饭店
她陪我在这里
吃过三原小吃泡油糕、千层饼、疙瘩面
蓼花糖、驴蹄子、老鸹头

从城隍庙到大庆路
平展展的漆黑街道

我再熟悉不过
她比我还熟
我们都在这里生、这里长
都能唱几句好听的秦腔

前面是邮局联系四方灰暗的信箱
后边是保险公司新修的体育场
两边是各种商店
网吧、游戏厅
一群学生在里、在外
用手机、用电脑
晃头晃脑
聊天、偷菜、游戏、发信息

我问她小时候是否和他们一个样
同在一条街、同在一方土
那时，跳绳、捉迷藏
现在，多想和他们一样大
就在这条街
就在这片土
陪你吃、陪你长
陪你上网聊天肩并肩
再重新演一次人生和辉煌的决战

回望

站在人生的清河里
我不愿意回望
一回望
那前沟、后河的流水
已把河床冲刷深了五十米
欢快的歌声把那温暖的厚土
带向了何方
那里是否还和这里一样
暖气洋洋

站在村口的丛林中
我不愿意回望
一回望
儿时和父亲栽的那棵青槐树
早已被伐木工砍倒
五马分尸消失在大风和明亮的光线里
让能工巧匠雕刻成了家具和镜框
放在了温室和墙上
四处弥漫着木质的醇香
我在想

百年之后我是否也能和它们一样
坐在远去的火车上
我不愿意回望
一回望
那些风驰电掣穿过千山万水
我怕草木凋零，河流干涸
夜色加深，花香淡去
即就是急切返程
那回望也是我落叶归根
黄金遍地，石头上刻名字的地方

守不住的村庄

城市化进程的提速
村庄人口的迁移
村庄留守人员结构的老化
守住村庄的时间还能持续多久

多少人能守住一个村庄
这里的泥土何时失去了芳香
这里过去产生过多少悲伤
麻雀、燕子是否还能重返这个村庄
孩子是否还怨这个村庄过去太荒凉
留守儿童
是否还能在这个村庄上学，娶妻，生子
守住祖先留下的村庄

是否还有人重返村庄
帮助老人像仙人一样
割麦、收秋，目睹田野无穷无尽的面孔
使这里的亡灵心情平静
永远守候在这个村庄的周围
远望着这个村庄重返繁荣

和都市一个样

像大地上一粒粒裸露的黄金的光芒

将这个村庄未来照亮

树梢的柿子

门口的柿子树上
不知是爹的疏忽还是故意
树上还留有一个柿子高高地挂在树梢
长得通红，通红
格外地饱满、炫目耀眼
连麻雀都不敢啄破咬烂

这么大的村这么多的树这么多的麻雀
都盯着这个红艳艳的柿子
像村庄夜晚只剩下亮着的一盏灯
这盏灯阻挡了夜幕的降临
但是，它能迎来崭新的明天

生柿子

爸爸在安家咀地畔
牛心柿子树上摘了一笼生柿子
母亲装了一袋
让我把这些土生土长
树上产的红脸庞家伙
带给城里的亲戚

坐在去城里的车上，我
心想，我该怎样称呼他们
面对多年不来往的亲戚
和这一袋生柿子
是我对他们生，还是他们对我生
是柿子生还是我们生
还是都生
这生的怎么吃
我教不教他们

秋火

深秋
一把秋火
点燃了乡村的山坡、塬畔
柿子树起火了
烧红了叶子
染红了果子
染透了河谷、山岗
染熟了玉米、高粱——
染出了秋天五谷的甜香

秋叶

深秋——
秋叶跟着秋风飘游
给山川、原野、田间、院落
铺上了一层一层厚厚的碎金
闪烁的目光
牵动着夕阳西下的光辉

深秋——
秋叶再不能
披绿回味大地的甜香
秋叶最大的希望是叶落归根
投入大地的怀抱
融入母亲大树的胸怀
让未来生长出崭新茂盛的春天

收割

开镰收割的时候，麦子
在夏季的刀尖上行走
在泳入翻滚的麦浪中成熟
在一片日光的刀下睡倒
终年劳碌的农民大哥

收割着烈日
也收割着麦子的喜悦
手握锋利的镰刀收割盛夏的烈日
也收割麦子的香甜
希望有一股西北风能够吹过
丝丝凉意比空调凉爽得多

在炎热的季节收割
挥洒着万滴咸涩的汗水
也希望麦子长得越壮越快乐
在炎热的季节收割
汗流满面也盼烈日火炎炎
越热越好收割
明晃晃的太阳

明晃晃的天空
令人不敢仰视
头戴一顶麦秸编织的草帽
从不躲避坚持咬牙收割

割——割——割
直到手酸腰疼
不得不停下歇歇
喝一碗清水
转眼间它又变成汗水
从身上似泉涌出
种田人种田
一辈子种田把自己的命种在田里

丰收了
丰收的果实圈满仓
麦秸已拾完玉米已种上
这时我发现麦子在长
长成了农民大哥的脊梁

三原

八年时间，仿佛我已真的三原了
八年时间，我和三原一同长高
一同变
三原变得清秀年轻
我变得白发苍苍

清河溪水依旧流
东三路扩宽圣桥多辉煌
看路上飞速穿梭的车辆
填补了我一生高速奔波的苦想

而我只能这样在别人眼里活着
上班，下班，休息，一张死板床
滚来的幸福让它擦肩而过
写写诗歌充实我孤独的生活

今年，去年和未来一个样
我担心衰老的脸庞又会增添几道泪痕
又羡慕三原人日月无拘无束的生活
抬头望月

思故乡

忍不住自己的泪水和忧伤

三原越来越高越坚硬

而我是一张陈年的报纸

一搓就碎

一提就伤

不想过年

不想过年
每年我都会一如既往
带着妻儿，回到大雪封盖的余寨
走亲访友，说说国事听听方里故事
离别时
母亲久久地站在村口大槐树底下
不愿回去
我一遍一遍地说：“妈，你回去吧！”
母亲一次一次地总是答应
“知道。你走吧，路上走好！”
却一直站在那，一动不动目送我远去的背影
我走上了山顶
一回头
还能看见那棵树下站着人的身影

不想过年
每年过年回去
母亲总要给我烤红芋吃
我现在胃不好
吃了红芋胃总是发酸

母亲每次总要亲手烤红芋

掰成两截一截给我一截给弟
说："你俩快吃，小时候你哥吃不够
为吃红芋我还打了他一顿"

啃着热腾腾的红芋
幸福的泪水掉进了心窝
顿时胃病就好了一半
却又产生新的心酸

不想过年
每年，过完年
临走时母亲总要把入冬时
腌制的黄菜，小蒜
给我带上一点
回到城里家里人总是把它放到一边
说："气味难闻，家里人都吃不习惯"
每次我取出吃时都泪流满面

村庄不见了

哐当、哐当的砍树声
毁掉了村庄的容颜
轰隆轰隆的机器声
压碎了村庄的脊梁

村庄不见了，在广阔的田地下
在我的脑海里，麦子长得茂盛
它的根一定是扎在我儿时的脚印上

村庄不见了，在平坦的大路上
在我的回望里，崖畔的酸枣树上的
酸枣还是那么红艳
它一定是天空中的夕阳
留给我的最后一丝纪念

村庄，窑洞，灶房成了淡淡的炊烟
村舍，门窗，水井成了孤独的灯盏
白天，晚上，天晴天阴，柿子树上的
柿子成了村标

村庄不见了，我有写不完的忧伤
麦种，麦熟，白露季节大地起霜

冬去，春来，山花遍地飘香

村庄不见了，我有写不完的忧伤
麻雀，燕子是否还能重返这个村庄
务工的大哥、留守儿童是否还能记住这片故乡
我的忧伤辽远，绵长……

追梦嵯峨

我身上的每一条脉管
都连着嵯峨山的脉搏
跳动，流淌
白天穿衣，晚上披纱
南边落叶，北边开花

我身上的每一片鳞甲
都跟着嵯峨山的林涛
呼啸，奔波
冬天唱歌，夏天陶醉
山体沉睡，山面青翠

我身上的每一个梦角
都跟嵯峨山上的山花
一起开花，一起结果
东方太阳，西方落日
人生至此，搂住嵯峨
双眼热泪
一眼流入清河
一眼添入冶峪

梦回故乡

腾云驾雾如梦似幻
回到缭绕心头的故乡
住在了爷爷那年那月
用铁锹和镬头
一点一点挖出的土窑洞里
睡在了爷爷当年睡的土炕上
品味着爷爷留下的土的甜香
慢慢地慢慢地又重新进入新的梦乡
扑入了母亲的怀抱
躺在了母亲的乳头之下
饱餐着母乳的甜香
又拿起了扁担
挑起一双大桶
挤进了村口老井的人群
在井口喝了一口醇甘解渴的
凉水
把我从梦中惊醒
我出了一身汗
望着窗外，哎
爷爷、母亲想我了
该回家了

梳理

故乡的山坳像我的脑壳
河流、血脉弯曲交合
自东向西自西向东
南北曲线交叉又汇聚
跟着季节一起穿越岁月的流光

我习惯傍晚
越过灵魂的牧场
睡在河流的波面上
梳理着我的毛发和思绪的翅膀
让星光照耀着记忆的花房

狂野地流淌无穷无尽的梦想
驱赶着奔跑的浪花、船舱
装满了我记忆的诗箱
冲击着我神经和河流的方向

我放眼在河流远去的地平线上
梳理着我凌乱的头发和沉重的翅膀
用水花编织着我河的流向
把我的梦想种进浑厚的肥美土壤

故乡的模样

故乡的模样
在层次不清几层窑洞中站立
每层都有一口老井
井的深度都不一样
高处的浅，低处的深
我想象不来地层的构造
但水一样甘甜
人一样亲近，生活一样地过

故乡的模样
每个山坳每个沟畔
都有一个村，不一样的村
每个村都有一群男女老少
住在不一样的黄色窑洞和老屋
黄狗、鸡、人在一起
抢吃着麦穗、烟火
村前的一畦湿地里
村前的一片苇草里
村中间那一缕炊烟
村外那一栋小土屋

都像我小时候的模样
小时候的脚印梦魂和快乐
在祖辈扛着犁铧
步入田间地头
跟着布谷鸟耕耘
犁铧喷出的甜香
都和我快乐的模样
村子的模样一模一样

三原（组诗）

黄土高原的江岸
风吹落松树上的花瓣
铅铸在了地平线上，哺育了
新兴、陵前、徐木列队望南

一条骚动的泾河穿过八百里秦川
把关中割断，给历史打上了一个死结
三原——白菜心

于右任的书法从夹击中突围
狂书了一段汉字的组合
吐出了脉搏、江山、巨浪的渔光星火

城隍庙“石狮子”偷油的故事
把历史揭开还白菜一个清白
牌楼上小兔的尊容
怕后人把它从人世间挤出
回首往事，心灵永远难以平静

清河奔腾的流水

会给龙桥新韵重新打一个崭新的死结
巨浪会把巨浪推翻
新的地位会在新的征途上书写

泾阳

泾河的阳岸，大地原点上
湖北黑茶在温润的泾阳开了金花
奔腾的泾河，从泾惠渠缓缓流过
把温暖、欢乐、喜悦、笑声
留给了这片深厚肥美的大地

郑国渠在这里树立起了千古一渠的历史丰碑
雷抒雁在这里锤炼出了千古诗篇《小草在歌唱》
周莹在这里造就了任用贤能多谋善断
把吴氏的商业帝国
载入史册

嵯峨的两耳肯定灌满了泾河奔流的涛声
泾阳塔上的明灯肯定把山坳角落的黑暗抹去
张家山的山泉是从母体佳穴中涌出的圣液
会奔向充满阳刚正气的温暖泾阳
也会培育出一片金花盛开的绿地

旬邑

红色大地留着先烈们的血痕足迹
恐龙化石历史史诗的曲章
北宋泰塔一座城的灵魂
马栏山英贤栋梁之材的摇篮

唐家汇通天下的银票上的花纹
埋下了宿命江湖凶险伏笔
也掩盖了时代的沧桑和风雨
唐家院里奢望和祖训
如同封建王朝的江山一样
落满了泪水和尘埃

倾听历史足音
不再讲前朝的故事
守一簇农家乐红色的炉火
饮几杯热茶
去看万亩槐花苹果飞外乡
红砖蓝墙水泥路的新村庄

走进彬州

走进彬州，走进
泾河自西向东跳跃的脉搏
穿越时光，去看
唐太宗李世民指挥两战血腥
飞溅的战场
带着我的灵魂，举起一炷高香
站在阵亡将士阿弥陀佛高大精美佛的身旁
沉思古今历史长卷

走进彬州，走在泾河第一湾太极原点上
穿越时光，去看天造地设，山环水绕
曲折迂回的第一湾
带着我的画笔，举起高清镜头
站在湾的中央，凝聚我的智慧和才华
浓墨书画一幅五光十色的太极世外桃源的画卷

走进彬州，走进松涛澎湃的林海
穿越时光，听那北风呼啸的林涛，鸟叫声
带着我的速度，举起凝结的智慧
站在炎热的土地上，撸起长袖

让滚滚的车轮，满载着黑色的金块
欢声笑语，漂洋过海

走进彬州，走进果乡
穿越时光，我想去一下丝绸之路的驿站
看看站台，听听那里的故事
游一下侍郎湖、龟蛇山
更想去一下两原一条川
在农家院饱餐一顿精光柔软、光滑爽口的御面
还想去平原、地畔、河滩
再美美吃一口，火基柿子、彬州梨
　　　　　　富士苹果、大红枣
走进彬州，走进名片
一声远一声近
勾走了我魂，在我的脑海留下一片金黄和灿烂
这座城市的快或慢
同今天的社会的变迁一样同步
　　　　　　　　一样自豪
　　　　　　　　一样美满
　　　　　　　　一样斑斓

淳化

在震惊中外爷台山反击战的阳坡
一棵秦冠苹果树开了花
由南向北，由东朝西
一片地，一条原，一座山
富士、秦冠……一朵一枝一树
开花了，一队一群花枝
招展的蜜蜂铺天盖地
落满了沟沟岔岔，每个树梢枝头
顿时，满世界都是甜腻的花香
淳化沉醉在一片墨香里
让一个县域开了花

恐怕汉武帝、秦始皇
也想不到
在他们居住战斗的甘泉宫、秦直道圣地
淳化
今天会被花香填满
风景比四十里黑松林
七十二景还要壮观
这一片左成行，右连线的植物

比沉睡千年
西周大鼎更加夺目耀眼
每当我回一次
总想为你再写一首诗
几年过去了，让我依然
陶醉在这一城花香、云雾中

飞地永寿

贯穿秦陇咽喉的大动脉，压断了
汉高祖刘邦宫廷饮用水，车道上崎岖
辙印、太阳、山岗、血泪
御泉滋味清香的神水，融入了
飞地永寿的肥美土壤，子民的骨头和胸腔

傍晚，越过灵魂的牧场
睡在泾河、漆水河的波浪上
梳理着我的毛发、思绪和翅膀
让店头、仪井住进星光照耀的花房
飞地上再不会有余光中、于右任
不会再写《乡愁》，也不会再《望大陆》
想睡就睡，想起就起
一片蓝天，一个太阳

漆水河是一条真实的河
往返了数次，河水流淌了上千年
河上有桥，桥上有车，车上有人
岁月不饶人，车上坐的是飞地两头人
岁月也不饶人，河水流的是漆水靠岸的水
岁月在其中干了多少污浊的事
怎么区分，怎么追究其中的秘密和责任

月光照耀归乡路

归乡的路似现代自由诗
韵律一样，不平不仄
漫不经心地穿过村庄，绕过河流
一束月光，把我的影子投射在身后的山坡
影子听见庄稼农民大哥五、六月
丰收时开怀的笑声回荡
我看见沟坡塬畔牛羊啃草，翠绿翠绿的俊样
月光穿越时空，跑在复修新路上
把生我养我的风水、地脉的影子
铅铸在我儿时的脚印上

初夏的热风、月光、河流
把我影子上的头发撩起
让田野静静地聆听
村庄过后，每扇窗户里迂回曲折动人的故事
我的影子、月光和我静坐在河流的身旁
牵着微风吹动的柳梢，悄悄地聆听夜空的对话
究竟村庄离不开河流，还是河流选择了月光
究竟是河流诱惑于村庄
还是月光把我的影子、村庄全部收藏缠绵

谁也破解不了这个千古之谜
我已在月光的照耀下像足月的孕妇
娇艳地进入了欲望的回乡路

念秋

秋风吹，秋雨下
风吹开桂花，汇入了花的海洋
吓熟了树上石榴，露出微笑的脸庞

秋天凉，秋叶黄
凉透了枫叶，红了山岗，醉了故乡
黄了绿叶，捕捉着四季轮回的暗香

秋气爽，秋收忙
爽透了田野，爽透了山岗
忙坏了终年劳累的大哥和嫂嫂
怎能不让我思念远方秋风中的爹娘

秋雁飞，秋情深
秋念长，秋天凉
别忘了添衣裳
别忘了村后大山枫叶湖畔
还有个秋哥天天牵挂等你返回故乡
熟透了醉人的硕果还等你归仓
普天下的豆米千种蔬果

让你畅怀品尝

我还想和你

在秋梦中飘向远方

九月

九月，丰收的季节
九月，成熟的季节
九月，在秋雨中沉思
　　　在秋风中起舞
　　　在思念中陶醉
　　　在阳光中亲吻

九月，思念的季节
九月，回味的季节
九月，在花的世界飘荡
　　　在甜香中回味缠绵
　　　在希望的田野上走天涯
　　　在星光中牵挂闪烁

九月，思念的季节
九月，成熟的季节
秋风带来清凉
秋雨带来舒爽
庄稼、果子在秋天熟透飘香
思念牵挂在秋梦中归仓

深秋

秋天来临，已是年过两季的时光
就像我年过五十，可以挥霍的时间
就像深秋柿子树的空瓤柿子
外面色艳红润，里面腐烂欲坠

深秋的季节，渐渐会越来越凉
就像那些在秋后翠绿翠绿的萝卜缨
经不起一场黑霜
“咔”的一声，生命的钟摆就会停了

深秋，一位诗人在山上行走
枫叶红了，诗在悬崖上摇摆
稿纸上的笔乘着夜色飞上了天
他那些怀胎于春天的种子
正在深秋的大地悄悄地受孕

深秋的诗集将会在深秋的日子萌生
深秋的诗句将会是限量版的天堂

十月的归乡

秋风带着凉意，冲入十月
月光如水，照耀着改头换面的乡村
秋叶飘过心中四月里槐花的芬芳
风化作闪动的幻影，飘向寒冬

羊啃着风吹干的青草，在睡觉
这时我很悲伤，没有人陪我说话
我也不愿把羊儿吵醒，让它们吞食
我把寂寞咽下，似乎天很冷

堵住了我滚热的胸膛，让羊儿熟睡安详
城市的边缘更远的地方
古老的园林中，一群麻雀低语
故乡的月光，和明天的太阳
那些烟囱，破败的厂房
和废弃的桩基会不会对环境造成影响
毁灭地球
仿佛它们在诉说着今世的失败与幸福

十月的故乡，人烟同在

木屋、大山同在

湖波荡起风吹过的浪

倒映着那远处沉阳的山坡

月亮藏着一半山，似乎天很冷

给故乡盖上厚厚的棉被

让它安全过冬

冬天

故乡的河流被寒冰封锁
我的思念被北风撕开
河水欢快的流淌声震撼着大地
我的思念奔回了故乡

河边的孤叶呼唤着春天
浓绿的思想祈盼春意降临
诗行里故乡的冬天被墨舞香浸染
脑海里故乡的冬天被圣洁雪典藏

故乡的冬天
处处银白映衬
一尘不染
处处是凡尘之外的天堂
处处是洁白无瑕静美的画卷

我站在异乡的窗前
望着雪花飞舞的故乡
寒风敲击着我温暖的心房
忍不住把故乡写进
新诗章

回乡的路

回乡的路，似七月的风、八月的雨
飘来飘去，来来回回
不论是远还是近
走过多少回，从不厌倦
永远是回归的栖居的港湾

回乡的路不知道经过多少次修剪
路上总有村姑、憨娃留下的情怀
有儿时怀揣梦想
放飞的赛场

回乡的路，再走不累
路边的冰霜是凝结厚重的晶体
路边的河流是幸福汇聚的源泉
路边的松涛是澎湃的欢歌
穿过一条条山脉
一串串隧道
飘过一条条弯弯的河流
一汪汪热血沸腾的情水

掬一把路边的清流
擦擦我身上的汗水

闻一下路边的果香
充实一下我劳累的饥饿
看一眼路边袅袅飘飞的炊烟
思索一下老槐树下母亲的叮咛

回乡的路呀，不论是长是短
是我远征的脊梁
踩着你去了远方
远方是近是远
我永远无法走出回乡的路

炊烟的味道

庞大的输气管道
难应急万家燃气炉的饥饿
每个渴望温暖的肚子都出现 EE03 信号
雪上加霜寒冬，冻雨又把电线杆压断
心急如焚的母亲生火做饭，冒出了炊烟
一股清风
把炊烟吹散
让蓝天白云不再将母亲埋怨
这缕缕炊烟很近也很远
不论是在何地他乡
都安置不下这偶遇的灵魂
不论路途遥远漫长
都能闻到飘荡在天边
丝丝炊烟以外的味道

过年

过年了
回故乡去
我要把一年在他乡的喜悦
装进行囊
带回去
让人人分享
我要把一切烦恼
抛向九霄
让风带走

过年了
回故乡去
我要把他乡的太阳
放入我开放的大脑
带回去
让它温暖故土，普照万物
让村姑、憨娃的词汇
成为历史
让城乡一体化不是梦幻
就在我们脚下开花结果

六月的耕播

六月的麦田
一浪高过一浪
在烈日的洗礼中灌浆丰满
在终年劳碌的农人的喜悦中飘香

冰冷的镰刀和芟子
在炎热的季节已经熔化
联合收割机
把苦涩的汗水收割

丝丝凉意在空调操作间和烈日抗战
镰刀、芟子成了传统农耕文化的标记
碾子、木锨成了观光农业展示的道具

割一割喝一碗清水又浑身涌出
腰酸背疼的过去已被隆隆的机器声吞没
大苦大累的宿命已被历史改写为奇迹

金灿灿的麦子装满汽车
崭新的农机又把玉米播在田地

这时我才发现
麦香和玉米苗的清香
已成祖辈脊梁上耸起群山的伟力

这个地方

不论是阴云弥漫
还是雨过天晴
这儿经常起雾
常常看不见眼前的山川沟壑
就在这个偏僻的角落
出土了震撼世界的西周大铜鼎

发现这一奇迹的爷爷
无偿地把它奉献给国家
国家组织相关专家
来到这儿探索
方圆百里挖地三尺
寻找五千年更多的宝藏
可惜努力化作肥皂泡儿
只见到了破碎的瓦片
和干枯变色的人骨
爷爷望着大队人马
仰天长叹
西周的巨大财富
都被愚昧的人们
在这尊大鼎里化为灰烬

雨水打我

雨水打在湖面
皎洁的月光洒满了一地
雨水打在翠绿的芭蕉叶上
笑声连片，歌声阵阵
雨水被风儿吹斜
拍打在安静的门、窗玻璃上
似江南梅雨滑入情人的眼睛
朦胧了蓝天、朦胧了世界
雨水打在我的身上
湿透了衣物，乱了我初春的白发
眼睛看不见了
身体依然刚强

雨水打在黄土高坡干爽的土地上
激起一片泥浆
雨水打在春草、树苗上
才会产生连连的鸟语花香
雨水打在黑夜的脸上
依然那么肃穆，看不到一点星光
雨水打在爷爷的墓碑上

他依然休息得是那么巍然慈祥
雨水打在我童年的梦上
我的梦依然静得如杯中水一般
雨水拍打在我的生命和爱情上
宛如一首诗，一个永恒的吻
天长地久
永远这样

除夕

真晕啊，一家人围在牵肠挂肚的
年夜饭桌旁
望着母亲渐渐消瘦的身躯
我想像儿时
母亲抱我一样
抱抱母亲
夜终于熬成白昼
时光一年一度，一度一年
吃一口，母亲煮熟的日子，烧红的肉
挑起的灯笼，蒸熟的时光
缝补的年轮，发黄的日子
在一缕炊烟升起的暗室冲洗
望着母亲，我打开沉甸甸的行囊
把一年一年丰收果实放飞
让她畅怀品尝
创造一次母亲梦中对儿希望的辉煌
用丰盛的词汇和饱满化一笔浓墨
把外面世界和自己温暖
塞进家人的耳朵
拉近城市与故乡的距离

让我奢望回乡的梦想不再遥远
让一年的辛苦、委屈、烦恼
伴随着故乡鞭炮粉身碎骨的硝烟
消失在欢天喜地的乡村、港湾

二月二

今天，就在今天
试探的心态回村子去
没有登记、没有测体温
没有出入证、没有购物卡
就这么轻松地过关

戴了一月的口罩终于成了文物、历史的见证
沉闷、悲观，压抑着希望的曙光
封锁一月的闸门终于开启
一江春水在田间、原野滚滚流淌

二月二剃了头

站在山上望着一望无际的山川河流
一颗萌动的心恋上美妙的大自然
再摸摸这片热土
我想把指纹留下
把牵挂留下
把背影留下
把此刻的梦留下

我还想用我的身体
贴在前一个季节的伤口上
温暖天地、弥补春色
抬起头

三月

二月，走了
三月，来了

二月雨，没有下雨，可下一场带雨雪的雨诗
三月雨，下了雨，田野一片湿漉漉
糟糕的事情留在了二月
开心的事情带到了三月
阳光在三月写成了诗
花朵在三月合成了歌
小草在三月绘成了画
小溪在三月谱成了曲

三月的风是暖的
三月的雨是甜的
三月的阳光是明媚的
三月的天是翠蓝的
三月的小河是顽皮的
三月的梦是烂漫无比的
三月的孩子是天真活泼的

抬起三月翠柳的枝头
伸展春天的希望
种下种子
用三月温柔的双手
抚绿阳光
疗好受伤的心口

第二辑　真情无价

妹妹

妹妹
是山巅树丛飘浮的一片彩云
是谷底河边盛开的一朵荷花
是寒冬温暖的一轮骄阳
是盛夏清凉的一股微风
五谷的香甜在妹妹的腰间缠绕
妹妹在季节的追逐中渐渐成熟

妹妹打工去繁华的城市
是一本读不懂的诗集
妹妹回到幽静的乡村
是一株火红的高粱
是一团在旷野中越烧越旺的烈火

妹妹在沟畔的风雪里砍柴
粗粝镰把
把妹妹雪白细嫩的手震裂
血滴染红了刺目的白雪
母亲痛彻心扉
那沉重粗活不该让妹妹去做

母亲一眼扫过
像钉子落入烈火

满身血红
母亲的心事我心知肚明
生怕喜鹊先从妹妹门前飞过

我不敢看妹妹的眼睛
荒凉还是丰硕的
也不敢说这是季节
也许这是盛世的角落
也许还是时代的悲歌

母亲
好似一片饱受秋霜的落叶
再也不能披绿回味春风的香甜
只剩下满目疮痍的伤痕
生怕路边的人们挤眉弄眼不停嚼舌

母亲一把抓住我和妹妹的双手
温热的心早已变成冰石
滚烫的泪珠像决堤的江河

妹妹
秋天的谷香那是我的航标
跨过渭水，越过长江
让咱们带着穷乡僻壤的苞谷

也尝尝江南的米香

妹妹
不要羡慕天堂
再等两年三年
让我也站在秦岭之上
像秦皇汉武大手一挥
将天下千百种豆米果蔬
让你畅怀品尝
再创造一次母亲梦中的辉煌

你的名字

亲爱的
我在默默地记着你的名字
在吃饭的筷头上
在写诗的笔尖上
在记忆的脑海中
在跳跃的渔网里
生怕漏掉

亲爱的
我不想把你的名字埋进土里
让它生根发芽
我不想给你的名字浇上水
让它开花结果
我不想给你的名字插上翅膀
让它飞上天空
我想喊你的乳名
生怕儿时的伙伴听见
我想带着你的名字走南闯北
生怕像故乡田野里的油菜花一样
早开早落

只要你愿意

你在我心中，我说过
我依然等你，待千年之后
不行，这时光太长太久
秋水再绿也是江河一滴
明月再亮也照不到我身边
容颜再秀美也是一个睡梦
风景再秀丽我们也看不到一丝景色

关起门窗，堵住最小最小的缝隙
忘掉一切，聆听窗外的脚步声
这小小的世界就是我们的天堂
人生就是翻山越岭
哪能没有一次生活的战栗

窗外，人声鼎沸
有儿、有女、有老、有小
有男、有女、有高、有低
不要想象，不要顾忌
在自己的小院，做一只小蚂蚁
且听天上的电闪雷鸣

地下的山川卧地，万物呼吸
现在不比从前，呜咽胜于叮咛
已经出动，一路迷失，顺其自然
抹掉江南的梅泪
翻越秦岭这座小小的青石山
不要怕，路的尽头，仍然是路
只要你愿意走

燕子

燕子，不论你飞到天涯海角
我不给你表达一句誓言
也没有一句庄严的承诺
——不论是白天黑夜
我的心都伴着你的心
一起跳跃

不论你变成大海里的一朵浪花
还是化作天山上的一枝雪莲
不论你融入村外桃花谷的一缕清风
还是幻化为村后大山中的一块巨石
我都把你深深地藏在心窝
明春你重返故乡
记着有一个人
天天把你牵挂

给同一代人

我们像春天树上落下的枯黄叶子
再不能披绿回味春风的香甜
我们最大的希望是让大地收容
在土壤里释放全部力量

假如，我们的力量
能够促使万物生长
那么我们的理想就算回归胸膛

你在哪里，我想你

死机了，我把一切都忘掉了
却把你深深地藏在我的心窝
你美丽的影子
永远伴随着我
每当我想你……
世间的一切我都忘了
却时时刻刻忘不了你
总在想你

为了你的快乐
我不顾秦岭的高大
　　　长江的漫长
　　　江南的遥远
　　　北国的严寒
我愿为你出征远航

为了你的幸福
我要把我想你的悲痛化为泡沫
不论是在咱俩小时同去的山坡路上
还是在花团锦簇的大城都市

不论你是大海中的一朵浪花
还是村庄河畔的一株荷花
不论你是山巅飘浮的一片彩云
还是后坡中的一块巨石

我愿为远在他乡
近在眼前的——你
付出一切
哪怕八级地震袭来
地动山摇
我对你的爱绝不会丝毫地摇晃

你在哪里……
我想你了
多希望……多想
你就出现在我的身旁

168 团的白夜

秋天的早晨
168 团一行坐着先进的火车飞驰
穿越秦岭南下取经
热浪滚滚，风声猎猎

从一个隧道进入另一个隧道
从一个山头穿越另一个山头
火车拖着我们的白天和黑夜
窗不敢关也不敢开
开了又关关了又开
关了是隧道，开了是沟壑

我们的白天在隧道和隧道之间
我们的黑夜是一个又一个隧道
从一个沟壑进入另一个隧道
从一个隧道进入另一个沟壑
就是白天进入黑夜，黑夜赶着白天

白天追着黑夜
最长的隧道成了最黑的晚上

最短的晴空成了最长的白夜
白天的黑夜变成了黑夜的渴望

黑夜的晴空变成白天的童年

我们的 168 团
从黑夜进入另一个黑夜
从另一个人变成了一群人
从一群人变成了一火车人

爱你真难

你来时我双手掩面
你走时我的心在颤
只能望着你的背影
对天长叹
追你不是，弃你也不是

我站在岸边
望着你远去的身影
柳丝却把无声的朝露洒在
我的心坎
晚风穿过漆黑的夜幕
在我耳边轻轻地呼喊
你真不是男子汉
怎么不把她搂抱在你的胸间
让你的体温传达你的情感

我站在岸边
想象你重返故里的身影
对着蓝天我高声呼喊
我是男子汉

没等回音我就登上了你的航船
静静地紧贴在你的胸前

把眼前的一切吻过几遍
没想到你幸福的泪水
打湿了我的双颊
我醒了
还站在岸边
吻着一枝初开的牡丹花

爱你真难
弃你我情绕梦牵
我只能站在岸边
望着澎湃的浪花
让星星告诉我
你何时何地重返
我何时才能登上你的船
长依在你的胸前
让爱的种子播入心田

情诗四首

留下

我想这样爱着你
在春日的路口等你
想带你在这里走走
让阳光透过玻璃
玻璃不碎
把我和阳光给你留下

灯

你是我的一盏灯
不要说离开
拥抱着大胆地往前走
可前面的路途茫茫
我最害怕黑暗和孤独
我等你为我点灯

思念

妹妹你是一片森林
绿了我白发萌生的岁月
在这一日之夜
你是星空的光芒
当我在美梦中渐渐走向白昼
你却没成为太阳
于是我在你身边一绿再绿
成了你身边的一片森林

风

风从哪里吹来
带着一片黄叶
落在我初春的白发上
不相同的色调
更加艳丽
更加千秋

今晚，我特别想你

今晚，我在梦境的高速路上
我的心在堵，不知为什么
自从聚会后
你的身影总跟着我走

空荡荡的房子，装不下我思绪纷飞的头
望着一堆诗集，我的泪在流
每写一个字，你总在我的诗行里走

今晚，特别想你，总想牵着你的手
你在什么地方，是否真的还在
那棵青翠的常青树下等我
还是去了大江南北，更远的地方

我想你时我就小了，轻了
如同墙头蒿毛草见风就摇头晃脑
我难言对这个世界的抗争
妥协都源于你
我无所适从，我相信
只要有明天，就会有太阳和来世

来生来世我会紧紧牵着你的手
终生不放松
今晚，我特别想你

爱

我爱落日，爱夕阳
爱她西下结束时
饱满、壮观、美丽的过程
我爱村庄母亲留下的尘土
田地里深深的脚印
我爱梦、爱梦幻后不太完全
记不太清楚的记忆
再想做一遍梦的梦想
我爱今天死去，明天复活
更加清醒的头脑
我爱自己一生，没有用自己的
眼睛盯过一次自己背影活一生
自己还完全认知自己的活着的爱
我爱忍受、克服、掩盖、安慰、平静、爆发的词句
我爱坚韧和时间一起
陷入僵局的大海

情歌飞花

只要你在我的梦中
朦胧出现
我心中就是纯净的蓝天
云彩在风浪中起舞
花枝招展
我的情感就饮了
一瓶老白干
让人嫉妒让人眷恋
情歌飞花荡醒沉睡
千年的梦幻
我是歌你是花
我是花你是歌
在你我的心坎上绕上
千万只花环
让丰硕的果实沉甸甸
在春天竞妍秋天丰满

爱自己

我真想自己和自己谈一次恋爱
自己吻自己一口
自己给自己买一身合适的衣裳
自己也和自己一起风光
自己和自己牵着手
让别人看自己像自己看自己一样傻眼

我真想自己和自己谈一次恋爱
自己给自己画一张画或写一首情诗
自己把自己的面纱穿过
自己沉淀自己的心，自己欣赏自己
省得羡慕别人
自己做好自己
省得盲目攀比
累了，自己抱紧自己沉心静气地好好休息
激动了，放飞激情燃烧自己，哪怕彻夜不眠
只有这样
再累再苦也不会自己责怪逃避责任
再穷再难也不会坑蒙拐骗违法乱纪
再贫再苦也不会出卖朋友欺骗自己

爱自己

自己爱自己就是爱整个世界

79 相聚方里

我想疯，我想狂，我想飞

——献给方里中学 79 级 168 名同学的歌

期盼呀！期盼——
79 级 168 双玉童金眼
期盼了一万四千多个日日夜夜
美梦终于成真
尘封的情感和心愿
才有了释放的窗口和驰骋的广场
相聚，相聚的心声
已从祖国的四面八方
不，世界的角落
从千山万水中起航
汇聚成汹涌的壶口瀑布
母校，79 级同学们又回到你的身边

我似乎听到
轻轻的脚步声
由远而近
我已闻到了儿时的气息

就是老同学你
不再华芳的你，我
你是否，你能否
一眼，一眼

还能认出儿时俊秀的模样
四十年，一万四千多个白黑日夜
太久，太久
现在和你相见，双手紧握
比整个世界给予我的还多

四十年，一万四千多个白天黑夜
太久，太久
狂热的心，狂热地跳
紧紧地拥抱
温热的泪水模糊了视线
温热的情感难以释放
你，我无尽思念
今天在爷台山下相聚
在这片温暖的土地上重逢
传递着人间爱的永恒
今天来之不易
是一生的爱
　一生的同学
　一生的朋友
　一生的亲人

同学聚会

枫红菊黄金秋天
同学聚会乐无边
鹤发霜鬓染岁月
金戈铁马忆英年
万语千言倾真情
五杯六盏祝平安
华堂雅室情融融
欢声笑语飞山川

相聚方里

诗意方中情意浓
相聚一刻千金重
双手紧握谈春秋
轻歌曼舞诉衷情

年轻的朋友，我问你？！

一

年轻的朋友
　　追随雾晨
　　　　苦度黄昏的朋友
问你
　　我小小的
　　　　没有功臣的平民
想
　　都没有想过
也许是你、我
　　同甘共苦
　　情投意合
也许是你、我
　　僵死的心
　　我早比你复活
也许是你、我
　　前进的步子
　　　　我已将你超过

也许是你、我
　　掉进泥坑
　　　　我爬上岸边
　　　　　　也想把你救活

也许是你、我
　　前天的约合
　　　　今天一道前进
　　　　　　共同开拓
无论如何
年轻的朋友
　　呼唤你前进
　　　　我想
　　　　　　不会有什么过错
挽救你的生命
　　我想
　　　　不会有什么罪过
问你
　　年轻的朋友
　　　　我想
　　　　　　你一定会豪情满怀地答复
永不会坠落

二

年轻的朋友
　　我问你

森林如果
能在悲愤的叹息中产生
扑救大兴安岭烈火的勇士们
岂不是汗水白流

稻谷、玉米如果
能在激昂的不满中丰收
终年劳碌的农民大哥
岂不是也将汗水白流
年轻的朋友
我问你
再正义的怨愤
能否振兴我们的中华民族
再伟大的感伤
能否富裕我们贫困的国度
再尖锐的讽刺
能否将台湾统一
同胞聚首

三

年轻的朋友
热爱祖国的喊声再大
也不如手上起茧实在
热爱党的歌声唱得再亮
也不如把党内的大盗揭发
热爱人民的情绪再高

也不如接过他们手中的镢把
把祖国的山川
河流美化
年轻的朋友
大学是探求知识的新起点
还是自以为满足的终点
招生榜上名落孙山是就此完结
还是把失学视若仇敌
踏成泥沙
在山下奋斗
从山底出发
年轻的朋友
大学是探求知识的新起点
青春应该在这里重新焕发
明星应该从这里升起
才子应该从这里选拔
种子应该在这里生长出绿绿的庄稼
一加一等于二应该让这里的人们
首先回答
年轻的朋友
失学可以使强者
神志清醒
大脑发达
一加一等于二唯有他才能回答
年轻的朋友
啊
年轻的朋友

失学可以使弱者

从此衰退

恼烦肉麻

登山无劲

身躯老化

年轻的朋友

我问你

我们世代都能在这贫困的山村生存

为什么？！

我们就不能在这里把根深扎

拔根远走高飞的青年朋友啊

这里不正是需要我们大显身手

贡献青春吗

年轻的朋友

难道说：

昨天的誓言只是谎存

难道说：

崇高的理想尽属浮云

难道说：

大地能用乳汁养育我们的母亲

就养育不活我们这年轻的灵魂

难道说：

大地能用肺腑留住千万名英雄

就留不住我们八十年代的新一辈

思念

站在云头
望着蓝天
天大的露珠映入眼帘
很久，很久

我很孤独
不知你离我还有多远
刚上路就大雾弥漫
笔直的高速让我走成曲线

我很困惑
前进的路上岔道还有多少
脚下的尘埃还有多厚多宽
雾散后你是否就是那座苍山

梦
——给扑在运动前列的人们

我默默地，倒睡在沙滩
　　　　　倒睡在海边
　　　　　倒睡在冰川
　　　　　倒睡在火山
我做了一场离奇的梦
母亲把我生在海边
血和泪流淌在她的胸间——
一股血腥的洪水
扑灭了她胸中燃烧的火山

我望着大海深有情恋
她望着大海仇恨入心默默难言
我抚摸着她发抖的手
她抚摸着我跳动的心口
我指着闪光的太阳
她指着波澜起伏的大海
我在大海上起草颂歌
她在大海上波澜悲歌
我躺在她的怀抱微微嬉笑

她给我摊开临终的遗言

“孩子，你实在可怜
不该生在今天，我的身边
今后，离海脱滩进住深山
默默无言，妈妈才能在九泉长眠”

我捧着血和泪谱写的遗言
对着大海默默诵传
浪涛将可怜的母亲打翻
我望着滚滚洪流
呆呆退步向前

浪涛把母亲的身躯抓起向急流击去
我没有扑向大海将母亲解救
我明知母亲的身躯为江河不容
我定知清波流水不会将她浮起

我呀！我
我明知母亲的遗言包含着深刻的真理
我定知母亲的遗言杂会着自我的偏见
但我
有父情、母爱
怎敢把母亲的遗言轻易指责
我呀！我
要问高山，问大海
哪怕是问破嘴唇

我呀，我
要问红日，问明月
哪怕是问遍星辰
“我母亲触犯了天条何罪
惩罚竟是这样残忍”

高山不语
大海无言
红日推辞
明月失色

世间难有母子情深
母亲九泉回了佳音
“孩子啊，滴血一路高歌的孩子
去，追问——
再次冲刷大地的暴雨、风雷
能否冲刷干净大地的全部灰尘
大地是否能够披绿崭新”
我母亲的声音就此沙哑

我只好捧着血和泪谱写的遗言
呆呆地站在大海的胸前
等待暴雨
等待风雷
……
我等了十年之久
今天才有细雨渗透心灵

今天才有细语引向光明
今天才有我这封写了十年的信
终于发出

妈妈啊，妈妈
天已经亮了
我已经醒了
我永远再不给你
写这悲愤的信了
我将寄给你的是——
早晨的歌
晚上的霞
海边的喜讯
海边的彩虹
海边的春风
海边的温暖
海边的崇高
海边的崭新

读余光中《乡愁》

小时候
读《乡愁》
只知道我和母亲的距离
是一张八分钱的邮票
把我们搁在了两头

长大后
读《乡愁》
才知道一张船票
难以解决十万八千里以外
黄河
长江
江南梅雨中的希冀和忧愁

后来
读《乡愁》
才理解了诗中的乡愁
滋味和期待
才知道母亲已过早
融入大地母亲的怀抱

而今再
读《乡愁》

才能知道那一湾浅浅的海峡
波翻浪卷在中华儿女胸膛
世代共同的祈盼
共同的情思
你在那头，我在这头
不，我们永远在一头

住在冬天里的春天

住在冬天的路口
等待秋天一天一天地老去
一步一步缩短，无限地
向冬天门口靠近，靠近

村口的那棵大树折叠着车票
紧凑的叶子
眼盯着直射的太阳的空间
穿过冬天，把年轮缩水紧赶
让失明的双耳听听花开、鸟鸣

造一场雪，酿一坛陈酒
砌一座坟，埋葬尘世的繁杂
找一个仙女，谈一次恋爱
闯过一个季节，重造一个山河
听一次门外的风声，做一个咯咯笑的好梦

在黑夜里休息
闭上双眼，得到一次肌肉的撞击
子宫里把春天孕育

秋天的果实把冬天催熟
雪花变成甜香的乳汁把饥饿的大地养育
住在冬天里的春天成为
一枝独秀

老了

老了，腰弯了，牙齿没了
带着老婆子，回故乡去
住在父母生我养我
半明半暗的土窑洞里
养几只鸡，种几亩田
活动活动身上的筋骨
减减身上多余的脂肪
弥补一下忘本的窟窿

去前沟后山
找找儿时的同伴
采几种草药，烧一锅红豆稀饭
补补终生缺失的情感
牵着羊，提着笼
过一条河，去一面坡
啃一顿嫩绿的青草
拾一笼村姑、憨娃的初恋记忆

闲时挥一支笔，铺一张纸
冬天来临时

就睡在我给故乡写的诗集里取暖
长眠，一万年还在这里住着
永远，永远再不离开

雪如果是一张白纸

雪如果是一张白纸
我想在这张白纸上做一个梦
梦是一片空白、洁净、遥远
我想再给阳光、春天写一封情书
用它一层层包裹着我的身影
醉倒在冬天飘雪、封冻的诗行

雪如果是一张白纸
我想在这张白纸上画一张画
画中的五彩在洁白的瑞雪中更加耀眼
秋天的种子
在这张纸上死去
在这张纸上的倒影中复活

雪如果是一张白纸
就在这张纸上起草捕风捉影的诗句
用它清洗我冻不死的骨头
修剪心灵的污秽
让我空白的手心
在冰封的雪纸上开花生辉

第三辑　诗心如花

你在我的心中

你在什么地方
不论做什么事情
没有人知道，谁也不会知道
只有今世如雨的月光
月光照耀的涛声
江南的梅雨滑入我的眼睛
知道
你在我的心中

其实，从生命的开始
你就和我同龄
就站在了我的起跑线上
永远是我追随的目标

好像我答应过你
去太阳落山的地方
去梦境居住的地方
一起走完那条美丽的山路

今晚，月光在空中舞动

我的思绪在江水中翻腾
忽想我答应过你
在初春的中午

去嵯峨山坡
面向东南远望八百里秦川
历代君王的辉煌成果
和建设国际大都市的繁忙景象

而今，在理发店
染着我初春的白发
忽想起一些没有实现的诺言
一些无法给你解释的悲伤

你在什么地方
是否还在和我同去的山坡路上
幼小的你是不是还在
那棵常青树下
等我
还是爬上树梢四处张望

是梦啊！梦就让它过去
我保证，今世不会扰乱你平静的生活
不论你在什么地方
要不，我依然等你
待千年之后
我们也是一江秋水

一轮明月
一尊容颜
一道风景

诗

会写诗的人天天捕捉灵感写新诗
不会写诗的人不用捕捉到处都是诗
河里流着诗
山里藏着诗
花里开着诗
歌里唱着诗
空间放着诗
高粱长着诗
柳丝飘着诗
石头垒着诗
天上下着诗
门口站着诗
路上跑着诗
雾里蒙着诗
浪里滚着诗
读诗的人读的都是诗人写过的诗
会写诗的人捕捉到好诗
读诗的人读的都是不好懂的诗
都是人没有读过的诗
现在没有人爱读诗

都在写诗
写的都是好诗
山也写，河也写
写出的是空间诗和流行诗
人们读不懂的朦胧诗
所以现在人们都不读诗
都在写诗，写出的都是超越前人的新诗

我的诗在风里

诗我写得不少
落地生根的不多
在风里飘荡的
空间保存的
都是生活以外的素描
里面有风，也有雨
风不认识诗是什么物
却穿过诗，存在我的诗里
人们读诗，也读风
我写诗，不能不写雨
于是我写风，有风就有雨
雨也在我的诗里
有着潮湿的绿地和声音
没完没了地存在

雨也不知道我的诗是什么物
和花一起存在我的诗里
泪流满面，盛开在梅雨季节
洁白，娇红，轻盈
与温暖没有距离

我写诗不能不写花
我写雨，有雨也就有花

花是骄阳下岁月的影子
爱情枕边的青苹果和露珠
在岁月梢头，生长，奔放

我的诗在风里
是一本厚重的生活写生
有字，有词，有段，有标点
现在我写过去
也写未来，未来的空间更大
当我每次执笔风就出生
每次结尾风就死亡
但就是这每首诗里的风
成就了我的一生
我的诗里风是广阔的天空
诗就是深深的海洋
在我心中
开花，跃翔

无题

深夜，我戴着老花镜
在床上读着当代诗选
咋觉得生命不如这文字
实在、深远

在床上我做得最多的是梦和诗
看得最多的是天花板和外面
蓝天上不眨眼的星辰
听得最多的是窗外优美的脚步声

一时删除不了的身体和纪念
读不完的是手中这本玄妙的诗集
想象不到的是时代变奏中
十字路口的徘徊和空虚
不论我怎样去努力
都充实不了眼前这空洞的房子
和外面孤独的树

我的诗在云里

我的诗在大地上起草开头
在蓝色的天空上完美结尾
诗体就是变幻飘浮的白云
时滚、时翻，时浓、时淡
捞一把装进口袋
带回故乡
撒在绿色的山川、草原
哈哈，咋变成了雪白的羊群

我的诗从黄河的发源地诞生
滚滚东去汇入大海汪洋
诗体就是九十九道弯急流中飞起的浪花
时高、时低，时哭、时笑
装一桶
把它运回故乡
放入后院、田野
哈哈，咋变成了一片百花盛开的春天

我的诗在云里
也在海里

云里是我的诗
海里是我诗的泪
我写诗，诗在云里

也写泪，泪在河里
也在浩瀚海洋里
泪里有诗，诗在流泪
泪是洁白的云彩
诗是欢快的诗
泪是幸福的泪
欢快不知道泪是什么东西
幸福却知道欢快时也流泪
那泪是一片白云制成的手巾
在诗里，在云里，在海里
是一曲优美动听的歌
是一首玄妙晦涩不明的诗
难读，难懂又难受

耕耘

我的笔尖太短
把厚厚的土层
耕得太浅、太浅
播下的诗种难以萌芽

借风劲
用牛力
点明灯
下苦功
寻好笔
找好犁
耕了再耕
洒下汗水
播种我的心
让未来生长出丰硕的秋天

空格

现代朦胧诗
有分段的
也有不分段的
分段的有空格……
有空间
不分段的没有空格
不见得就没有空间

我的诗

我的诗是创伤的痕迹
不论是创伤在母亲的怀抱
还是创伤在墙的脚底
我——我从来都不哭泣
那巨大的悲痛
我——我都能化为美丽的诗句

诗人

你真是个诗圣
一句诗
“打开秋天”
让我幻想到万米画卷

没有杂草，没有车辙
没有黑烟，没有坟墓
你省了万张纸，千瓶墨
却占据了我所有的脑海
填满了我的心扉

只有鲜花，只有羊群
只有蓝天，只有白云
只有树木，只有喜鹊
……
粘贴在我的天上
浪费了我的智慧和青春
碾出了我铁质眼睛的泪
让我幸福，得到无穷无尽的回味

我也要作为一位比你
还要杰出的诗人
让你打开春天的大门
让百花的香味把你浸透
让你终生陶醉

遥远

你在什么地方
是否还在和我同去的山坡路上
还是在江南桃谷米乡
我离你有多遥远

你是在天山还是在北京的八环
你是在西安的城边还是在故乡的后山
你是一朵洁白的雪莲还是荷花碎瓣
你是大海深处的一朵浪花
还是村外后山的一块巨石

我累了——几十年跟着太阳转几万圈
汗水当盐吃，泪水当酒喝
养育了孩子，养育了我
孩子大了，我老了

时光我清楚，账目我知道
路多宽，楼多高
气温经常变
天要下雨地要冻

越写越遥远

写自己写你

写真理写爱

写激情写我

写牵挂写情

永远写不出遥远

我和诗

诗不仅是我闲暇时的玩具
也是我生活中的伴侣
他将会随着我一起老去
也将会与我风雨同舟，携手同进
也将会和我共同去寻找栖息地

现在回望我们的过去
一切都在梦境中成烟
不管是在山林中穿梭
还是在沟坡上爬行
不论是在高速路上奔驰
还是在急风暴雨中跌倒
那我们都是挺身而出
哈哈大笑
那一切的一切
都已在云雾中烟消云散
我深深地追忆着儿时的你我
怎么能经受住雪片一样的回归
在日夜痛苦中期盼
等待你的复出重生

你和我同病相连永远
有你的陪伴
我将是一匹骏马凭空而起
带你驰骋沙场
你永远站在我的笔尖上
激荡起爱的双桨

我认识你

——痛悼诗人雷抒雁老师

我认识你
是在八〇年的冬天
念书不成
却羡慕诗人的荣耀和光环

我四处拜师求经
终于认识了我的启明星
吴树民恩师
认识了他
同时就认识了你
认识他的是真人
一字一句的教诲
认识你的是真诗
一行一段神笔绝句

在吴老师几平方米
宿办合一的房间
立柜的玻璃中间
镶嵌着两张崭新的报纸

报纸上铅铸着两首巨作
一首是郭小川的《团泊洼的秋天》
一首是你的《小草在歌唱》

就在这个小小的地方
就在这厚重的报纸上
我认识了先辈们
人和诗的分量
同时，也探索出了我
求知的路在何方
吴老师深沉思索
慷慨激昂
指着你的《小草在歌唱》
一字一句地解读
使我精神振奋热血沸腾
你不光把投枪般的笔锋
指向血腥岁月
也指向自己
问党、问国家、问法典
你义愤填膺
你浑身是胆
像父亲一样成熟
像母亲一样温暖
像战士扑向凶残的强敌
像英雄面对喷火的枪口一样勇往直前

我真想和所有爱你的人一起

把你从死神手中夺回
让你为大家再写一首
《小草在歌唱》

举起你诗歌这条钢鞭
把党内喝过迷魂汤的大贪
齐齐抽打一遍
让人民的创伤尽快愈合
让亲民精神
像电波一样家家传颂

呵呵
你，你满怀欣慰地走了
你从遥远的地方来
又到遥远的地方去
消息像雪片一样在苍穹飞舞
人们的泪水像决堤的大江
悲痛的歌在神州大地回荡

真的舍不得让你走
我认识你
还想和你握握手
有篇习作还想
请你指导拓展想象
还想请你再回故乡
喝口甜甜的泾河水
吻吻入云的嵯峨山

再写首令人热血沸腾
激情澎湃的诗篇
把三秦儿女创建家乡的业绩

凝结成诗歌的火焰
让世人像畅饮美酒一样
激动万分心灵震撼

我恨这个黑色的日子
我真想把 2013-2-14 情人节
撕成碎片去补苍天
让社会公平敢敞心扉
让法律治国家庭温暖
你就会
就会永远含笑在小草中间

我梦想自己是诗人

我梦想做一位诗人
很想认真地写首诗
让自己超越自己的父辈
远离山岗、崖畔、地头
老牛、猪圈和臭汗
成为诗群中的领头雁

我很想认真地写首诗
但一支笔，不知怎样表达内心
捕捉写诗的灵感
让诗流进诗河
藏进诗山
开在花里
唱在歌里
放在空间
站在门口
跑在路上

我很想认真地写首诗
找一个能够激发

我灵感的地方——秦岭
读一份充实我生命园地的——《陕西日报》

拜一位诗仙——金玉声
读他的佳作——《山花》
“你从不羡慕城市的繁华
和露珠一起在乡村安家
世世代代热恋着乡土
每到春天一直红到天涯”

诗写得很好，读后我浮想联翩
好像老金的诗是给我写的
我也写一首诗《山花》
说出了山花的心愿

“有人说我从不羡慕城市的繁华
这些人说的全是真情实话
即使我羡慕的叶子发黄
又有什么用
谁来帮助我架桥搬家

我和露珠一起在乡村安家
这是我失望后的计划
我世世代代热恋着自己的乡土
这是因为它抚养着我苦命的小花
每到春天我一直红到天涯
这是为了将母亲抚养儿女的恩德报答”

这是第一首诗
这是第一次抒发自己内心的感慨
就是这首诗让我萌发了写诗的春芽
也让我更加坚定了
决心翻山越岭走出大山的信心
也增强了我要融入都市的勇气

我很想认认真真地出本诗集
真正成为诗群中的领头雁

抹一把血泪

——悼念陈忠实老师

抹一把血泪
将我哭泣的声音
夹在《白鹿原》的书页里
让我怀念的情感
流淌在五十万字的字里行间

　一把血泪
将我哭泣的声音
让白鹿捎到白鹿原上
把怀念播种在这片沃土上
待来年洋槐花盛开时
也能长出一片青青小草

　一把血泪
点燃一炷心香
让祝愿陪伴您一路走好
月亮还在，太阳又出
您身后落了一地的花瓣
那是我们追随您的身影
那是凋零的心

我的诗

我的诗
是从泥土中挤出的乳汁
滋润着我的一生
醉一坡村庄

我的诗
是云雾中露出的一丝阳光
牵着我的视线
迎接山脊梁的太阳

我的诗
是黄土底部一本战栗的书
承载着呼唤的日子
辉映靠天吃饭的爹娘

我的诗
在野山沟里撒过欢
孕育着火热的爱情
奔放在辽阔的草原

我的诗
在黄河边度过调皮的童年
苦涩得就像吃过黄连

香甜得好比蜂蜜

我的诗
在繁华的都市朗诵
狂热似火山喷发
又像天山的雪莲洁白灿烂

我的诗
在郊野的四合院藏过
厚重似出土的瓷罐
无穷的魅力光照九天

追梦无愧

希望你永远不在我梦中再现
可是现在你走不出我的思念
打开窗户
外面是一堵墙
我只能低头痛苦
不能再痛苦地掉进痛苦的深渊

每当夜深人静
我也有过梦想破碎的时候
泪水常常湿透枕巾
我确实难以承受
有点有点累
只有我梦见你那双晶莹的眼睛
躁动不安波光闪闪
我才会抹把热泪
从不怕
从不退
彼此之间梦中也无愧无悔

诗人，在雪地里写诗

寒冬，诗人，在洁白的雪地上
写了一行一行描写大地的诗
笔尖在密密麻麻飘落的雪花中穿行
诗在一望无际朦胧的雪雾中飞舞
夹杂着雪花堆成现代流行的诗集
把山川、河流用风雪点染典藏

每一本都像明代的蓝砖、红瓦
每一页都沉甸甸、凝重而深远
能砌成西安城墙、筑成北京的四合院
诗人在洁白的雪地上写诗
雪和寒风亲吻结成温暖的词句
印在了洁白的雪地上
给天、地盖上了安全通行的印章
意境像秦岭高速隧道
接连不断、深远又漫长
展现诗人的想象和火热的胸膛
手一刨，就是一本诗人的诗集
脚一抖，就是一座厚重的诗城西安

第四辑　土地情怀

致大树

头砍了
你还走
带着乡村的芳香

根断了
你还走
带着乡村的安静
不流一点血
不流一滴泪
你憨厚结实
头都不回
走进县城走进省城
走进香港走进——

离别了乡村黎明前的黑暗
黄昏时节浓浓的炊烟
离别了生你养你的乡土
还有那片清朗的蓝天
城市啊城市——
迎接你的是五花八门轰隆隆的噪声

肮脏的地沟油
汽车、狗类排泄物
飘荡的女人
用的香粉复合剂

你将会失去浑然一体单纯的本色
不怕沙尘不怕风暴的坚强性格
你将会是城市的傲气更加凌云
你将会失去灵敏情感
变得饱经沧桑呆板
你将会失去飞舞杨花柳絮和矫健
你将会是多娇的人恼烦肉麻、躯体老化
你将会是健壮体躯
被扭曲畸形
把噪声听成森林的百灵鸟啼声
把头顶飞过的飞机
以为是自己的魅力招来的大鹏
你再不会因为天旱而忧愁
你再不会因天黑而苦闷
你再不会因风吹日晒紧皱眉头
你将会失去天生的野性
再不会在微风轻轻地吹拂下
迎风招展翩翩起舞
你将在城市的悲哀中享受幸福
在幸福中体会城市的悲哀

守候

在乡村的冬日徘徊
在城市的夏日流浪
天空漫步着朵朵云彩
哪儿是我幸福的家园
是乡村，是城市
走在八岔路，路边——
指着数种方向
那是乡亲们的出路
那是进城的高速
那是登天的云梯
自己细心地挑选
向左，向右，朝东，向西
面南正北
是孤独行走，还是跟着流星
我在守候，我在徘徊
我在流浪，我在寻找生机
让风带走我的信，把它牵挂在城市的高楼
让雨带走我的心，把它钳制在乡村的田野
守候无穷无尽的地平线
在乡村的山野、田间似花盛开

在城市的角落永远不败
让我走一次通往天山的路
为父母分担一点开垦农田的苦和忧
让我不再守候，走着走着走错再走
永不守候

最近

最近，我的头脑有点乱
到了三联生活了七年
不知道是爱它
还是爱它以外，更多的
黄坡，沟畔，丘陵
河流，山川，森林

事实上，那里的山真高
那里空气清爽，纯洁
那里的发展空间大进程快
那里的乡里乡亲老实又可爱

但是，我不愿意听到杂吵的风声
也不能让它们轻易听见时代在变迁
有责任，缺少情怀的风光
我也不愿意把我的命运全部寄托于村庄
村庄不意味着就是所有人的生命线
进了高墙，入了土的人有了自己的庄园
也知道外面的世界很精彩
外面的世界确实也很无奈

三联对于我来说
就是出了口，离了塬

就是精彩的世界
就是无奈的天堂

我喜欢我走过的路
更喜欢前边还没踏上的路
我爱北方，爱故土
我爱村庄，爱爹娘
更爱大海，爱钓鱼岛
最近三联给我的生命
附加了多变的情感
我承认我爱，我笑，我忘，我牵挂

而今，梳理着我初生的白发
要么我会变大，要么也会变小
要么我会往前走，前面虽然不是路
只要我愿意走

地名抒怀（组诗）

汉余寨

汉余寨是一条塬，三个村的名字
它是生养村庄的村庄
三个村子一个名字叫汉余寨
一个村子一个名字
汉寨、余寨、张寨
经常分，经常改，经常合
改了又分，分了又改
经常合，合了又分
分了又合，合了又改
紧跟闪光时代的节拍

十亩埝

十亩埝
相当村庄的一枚纽扣
却把人们的温暖生活
紧扣饱览

八亩弯

像是爷爷的身躯
任重而道远
难写、难看
更是难懂

四亩坪

确是一路平川
还有解不开的涧涧畔畔
四面还有山
要不然哪来的这四亩坪滩

三原

同是父精母血孕育而成
生命没有紧紧相连

茧花

诚实的人叫你茧花
赞美你的人叫你鲜花
我不叫你茧花也不称你鲜花
你是早晨的露珠
午夜的细雨
辛勤耕耘的结晶
秋天的果实
是对自然生活的热爱
是人生价值的象征

睡倒就得盖上

站着就是太阳
睡着就是月亮
走着前面无限光明
睡着前面就是有灯无亮的黑广场

炎热的夏天
睡倒就得盖上
不论是倒在地上
还是睡在床上
地气太
容易感冒
哪怕是盖上件小小的衣裳

退职当农民

终于出了一口长气
公务员漂流动荡的生机结束了
回到故乡，承包三四亩地
拉几万块砖，借几根木材
搭建二三间小茅屋
养八只鸡，五只羊
鸡呼唤我早起，我伴羊吃草
我就随便，随便

真正做一位像我爷爷那样的农民
我还没有资格
脸太白，皮太嫩，腰太软，手上没有茧
离淳朴厚重的农民境界还差得远
但我多想有身织布衣，粗布鞋
学犁地，拔青草，收玉米，赶大车
让车轮碾碎我前半生的烦恼

换头的后院

城边的村后院
那么多的果树，挤在一起
挤得父亲喘不过气
只要新的品种诞生
父亲都要嫁接换头

后院在飞，春光在流
成熟的后院品种杂乱
秦冠嫁接成了秦冠，有的更无法分辨
混乱的整齐，掩饰飘散在风中
满头苍老的白发

春城的，春天即将逝去
换头的后院，被石头咬住的石头
封死了树挤满树的大地
父亲的后院，嫁接成了一幢一幢的高楼
父亲、大地更难以出气

夜雨

雨被风儿吹斜
拍打着安静的门窗玻璃
拍打着街上行走的恋人
天上的细雨绵绵
街上的细语流淌得更欢
玻璃正亮、叶子正绿、鲜花正艳

一场突如其来的夜雨
冲刷着玻璃上的尘埃
润暖着情人的心田
窗外的雨，窗内的心
似花儿开了很久，很久
天下雨时才睡，天晴时才梦

这城

红砖，黑石，清河水
厚重高大的建筑，灰色陈旧的墙
镢头，铁锨是多余之物
转一圈，踢一脚
滚出的是于右任的书法
　　　　陈良的画
　　　　张洋的小说
　　　　吴翔的诗歌嘴边挂

我从小喝这城的墨水长大
找个北城姑娘
生个娃
不会写诗
也能画几张画

这个地方

我去过这个地方
爷爷在这块地里种过玉米、高粱
给牛、羊割过青草
这块地供养了我村大大小小
爸爸在这块地里种西瓜、苹果
也给牛、羊割过青草
这块地的果实漂洋过海
今天我去这个地方
爷爷的身影似初升的太阳
照耀了这个地方的青春年代
爸爸的身影似中午炽热的太阳
照耀着这个改革发展的地方
今天我去这个地方
新的机遇就在我的脚尖上
用厚厚的土地把历史深埋
在这里建一个国际化的大市场
让爸爸爷爷的爷爷都住进幢幢高楼
他们居高临下
看看子孙们在这个地方发展的方向

你走了

你走了
围绕《乡愁》的诗篇
像冬天飞舞的雪片
铺天盖地
让人伤心让人寒苦
让人忧愁让人眷恋

你走了
一晃而过
把乡愁留给近和远
把乡愁留给里头和外头
把乡愁留给邮票和船舱
把乡愁留给了海峡对面
让人牵肠挂肚
愁白了里头和外头

你走了
带着满满的乡愁
飞向天堂的春秋
满地的诗篇

都在以愁字开头
思念的泪水在天地间
汇聚诗集把你的
理想追求
让你的诗情诗意
永远留在两岸同胞的心间

喝一口月亮流下的泪

在不动声色的月光下
在小桥、柳树边
听小桥下涓涓细流声
看柳梢伴微风起舞的醉样
我像喝了一口月亮流下的泪
岁月的月光把昏黄的路灯点亮
把我的影子缩小
脚步再移动不快
停不下的脚步
释放在青春操场
岁月追赶的铃声
已在耳边被欲望逝去
理想信念、梦想心境和风
已和我面部一个模样
在悲欢离合中生死

春雨

你在收获的门槛给我留言
晚上三点在大地原点转盘见面
这钟点和今年一样干旱
星空依然不带一点亮点
抬头望着星星，空手和我会见
温和的三月露珠难得在小草施展

天气预报连出干旱
很久，很久，雨在空间漫游
看过太阳，望过月亮
也想尽快落地生根
风吹云彩，吹到了九道十八弯

雨下了，下在了我们拥抱的怀中
大地上起水了
流淌着黄河的泥浆
干旱的大地心花怒放
你怕我感冒
经不起这场初春的雨
让我快跑，也没有跑出
这个转盘。这场春雨

古桥上联想

古桥下流着的是哪个朝代的河
河水里夹杂着谁的生活遗物
黑，黑水上还散发着阵阵恶臭
是人们不懂河的价值
还是故意视而不见
任它流向远方的港湾
桥上行人无论是远客还是近邻
都是这座桥的主人
不管闲庭信步
还是行色匆匆
倒影都是一片黑色……

留恋

我将融入夕阳的怀抱
朝天望巨石汇成的高山
一次一次又一次
远望情人的眼睛
在黑夜里寻找黑色的光明

熟透的高粱在满仓的黑洞里
谈情说友
想再次盖上温暖的厚土
登上秋天表演的大舞台
重新演绎一次生命运动的苦辣

雾里看花
像少女一样羞羞答答
雾过天晴
母亲的乳房垂下
却举起生命繁育的重量

不想说再见
我的旅途还很遥远

向往都市，向往天堂
路上还是阵阵清香

渴望

深夜，村庄沉入梦乡
云彩在月光下，露出丰满的脸庞
风飘过荒野向你走来
你高高地飘浮在天空上
河岸，找你——
你带着憨厚的欢笑荡漾在水波中
热泪流淌在目光闪烁间
明暗、绿蓝，五光十色在闪耀
鸡啼随风飘向远方
只剩下一颗渴求的心
在渴望——
在等待——
明晨六十华诞的太阳——

深夜，村庄沉入梦乡
蝉声，鼓声飘过千条水泥幸福路
传入万庄新村，回荡在九百六十万平方公里大地
绘制出一幅永传后世的佳卷
田野、湖畔、沟尖，找你——
你带着甜蜜的微笑飘向神宙

喜悦的泪水似黄河、长江
大地、神州、宇宙、太空永传龙子佳音
鸡啼高歌飘向远方——
只剩下一团渴望的心
渴望、渴望、渴望——
等待、等待、等待——
明晨永恒华诞的太阳——

融入春天

寒冬转身羞涩地缓缓离去
春天的脚步轻轻地敲开了枝头嫩芽
小草、溪流、旭日红着脸满面笑容
我不着不意地融入了春天

春雨悠悠地下
春风轻轻地吹
飘落在了楼上的窗户
朦胧了少女的眼、小伙的心

离冬天远了
父亲带着湿漉漉的爱
融入了花园、菜园、果园
又重复读着小学一年级 123

天气预报升温了
母亲清点着豆种的种类
哼着小曲
数着星辰
忍不住垂泪着年轮

心情不知是忧，还是无限陶醉

一天又一天
一年又一年
爷爷的庄园
又多几棵初生的小草

五月花

“五二三”十全十美的数字组合
撑起了百花齐放的五月蓝天
洛阳的牡丹、天山的雪莲
拥有了土地
拥有了房子
拥有了河流
拥有了阳光
拥有了蜜蜂
香港紫荆花、澳门常春藤
拥有了肥土
拥有了温棚
拥有了长江
拥有了光明
拥有了母亲
乡村的山花不论海角天涯
从不羡慕城市的繁华
和星辰露珠一起在乡村
城市的脚底把根深扎
世世代代热恋着故乡的乡土
每到春天一直红到大江南北

五月的变化在眨眼之间
突然门前、路边、河畔

小草也盛开了花朵
那夺目的花蕊就像美丽的天使
悄悄地占据了过往人的目光

仰望火红的五月天
欣赏百花齐放的五月花坛
放飞我们的思绪
也许有那么一个祥和的春天
我会独自一个人
走向祥云缭绕的天堂
在那遥远的太空
陪着那洁白的云朵
遥看五月鲜花争艳的良辰
聆听百花齐放的鼓点
我常站在秦岭、泰山，凝望祖国的山河大川
让我变成五月花中美丽的一朵
今年逝去，明年还能发芽开花吐艳

三月风

初春的早晨，我在嵯峨山上
仰望南坡上那片槐树林
那里已是春天，我心潮起落
跑到那山顶再望北坡那面的耕地
有一位，不，一群身穿黑色上衣
弯着腰的农民大哥、大叔
不，还可能是我的父亲、母亲

在吹来的风里，我没有听见别的
只听见了他们的锄头的声音
在吹来的风里，我没感受到别的
只闻到他们锄起土地放出的甜香

一台山，三台风……
都在乌云密布中环绕
山的四方被三月的风吹开
田野上一片晴朗
油菜、桃园、麦地……
仿佛有只雄鸡蹲在荒寒的山坡
藏身在冬麦地的深处

不畏寒风，不畏艰难

春天离我不远了
我走下山去，迎着八百里秦川的寒风
迎着黄土高原的寒流
只闻到了故乡牛圈和原野干草的清香

不等过年

童年的我在长辈们
扎紧腰带，省吃俭用中
健壮成长
尽管这样爷爷还传给我
一个跨越的思想

有吃就吃，有喝快喝
不要等过年，趁年没到
先过年就长，趁花没开
先看花就鲜，趁鸡没叫
先吃饭饭就香，趁衣服没烂
先换就温暖……

不等过年，你先过
天天都是你的年
等到过年时，那年就不是你的年
那是人人的年

我将去大水川带一股凉风

在这个烈日似火的夏天，我要去一次大水川
和知心的朋友带一股凉风
撒在八百里秦川的火炉上
让烈日嘶哑，让秋风高歌

在这个烈日似火的八月，我要去一次大水川
在牛羊啃草的绿色湿地
像儿时打个滚玩耍
把我的生命浸润在无边无际的绿色上

在这个烈日似火的夏天，我要去一次大水川
在遍地开花的帐篷里
聆听动人的故事、爱的真谛
陶醉在自然的青山绿水中
把我的灵魂挂在一弯月亮上

在这个烈日炎炎的八月，我要去一次大水川
骑上草原骏马，赶着白云、羊群
带着大水川一股凉风，驰骋在八百里秦川
让三秦儿女，纳凉过夏

冬天在想

冬天想在洁白的雪地上
用笔尖开辟下一个春天
让阳光照耀温暖的时光
让诗句在纸笺上列队排行

冬天想晨雾笼罩夏天
让苍天先下一场鹅毛大雪
让关汉卿回来，再写一部《窦娥冤》
让下层人民的冤屈得到伸张

冬天想能否把城市防雾降尘的设施
入库休眠，待春天之际
让它的功能发挥在干旱的田间
让贫苦的农民不再盼雨，仰天长叹

冬天想绿化能否不在乡村乱挖大树
让乡村也和城市一起步入荫浓草长的花园
让乡村也和城市一样花木掩映璀璨夺目
让城乡一体化不再是心中朦胧、短暂的诗行
纸上的梦幻

中国——太阳

如果你要问我
红红的太阳是什么
这么神奇火热
我会自豪地说——中国
把宇宙照亮
给世界导航

第五辑　且行且吟

我们

我们排队有一、二、三
我们是水有清、咸、淡
我们做山有高、峻、险
我们做人有善、富、贤

以同一种方式不一定能够生存在同一世界
以同一种姿势不一定能够打开同一本新书
以同一种辛苦不一定能够收获同一种果实
以同一种机遇不一定能够坐上同一艘航船

我们是天是云是地
我们是山是河是水
我们是笔是纸是墨
我们是草是花是果
你是火焰又是冰霜
他是太阳又是月亮
我有过热烈也有过忧伤
我们有过寒冷也有过辉煌

都在沙滩、海边、火山、冰川生存

都经过惊雷、闪电、风暴、海浪的考验
都受过冰霜、寒流、干旱、地冻打击
都有飞翔的翅膀、雪亮的眼睛

广阔的天空、远大的航道

他是一座雄伟的铁塔
你是一朵出水的芙蓉
他是一株苍天松柏
我是一道天边的云霞

都有过苦涩、有过悔恨、有过艰辛
都有过遗憾、有过积怨、有过忧伤
都有过欢乐、有过喜悦、有过兴奋
都有过美丽、有过微笑、有过成功

有的是辛勤的布谷鸟
有的是喷薄的红太阳
有的是不熄的火种
有的是中秋的明月
有的是闪亮的晨星
有的是呼啸的火车头
有的是指路的明灯
让我们迎着太阳追着月亮
展示我们的力量
让我们成为东方巨龙身上的一片鳞甲

丰碑

——谨以此诗献给三原当代文学作品选

你从三原大地走来
盛开在百花齐放的季节
你从嵯峨山脚下清河走来
传唱着每个时代动听的流行歌
伴随着清河水远远长流
你从三原温暖的厚土中诞生
带着绚丽多彩的霞光
闪烁在三原文化发展史册的彩色扉页上

是政协领导和一班人的英明决策
是编委们精心孕育的结晶
是政协委员们慷慨解囊救助的贫困
是文坛名流对三原的关注和爱的奉献
是三原文学方阵更加欣喜和振奋
是三原文学创作的大阅兵
是三原文学创作的加油站和催化剂

待千年之后
繁华落幕

你将是三原文艺发展史上

一座雄伟的丰碑

挽歌

夕阳西下
照耀着父亲，劳累了一天
躬得像犁一样的身躯
望着，他和他古铜色的土地

他跪地屈指默盘着今年的收获
我想他还在夕阳下
筹划着明年怎样耕种，才能
与日子同步
与预期的目标同喜同歌

一声叹息，一道身影
离地崛起
如歌似林
和夕阳一起贴在了大地上
没有诅咒，没有痛心
只有挽歌和父亲这声叹息
只有父亲的种子和黑土
一辈子紧紧地贴在一起
一样沉默，一样成熟
一样收割，一样贴近

踩秋

身居厚重的秋天
前心温暖，后心冰寒
谁懂得秋天变谱的轮回
战栗任其他变成了北风
让夜色荡漾，聆听森林的声

前心的喜悦走近我
又热情地萦绕在我的心田上
后心的寒气使我懂得了
二月的短促未孵化出爱情的力量
也会脚踩秋天爱情识别不了的陷阱

秋天的北方，北方的秋天
每一天会比每一天都凉一点
一层层柔软的凉都会变成坚硬的冷
每一层，每一弯，每一路
都像雨前的风，雨后的路
是喜悦也会带着灾难

是灾也会变成汶川新貌

踩秋我是个幸存者

前心有温暖的太阳

后心有堆积如山的果实

我会给后心加衣充炭

会给前心积雪降温补食

让森林慢慢苏醒走向二月

这样的夜晚

没有星光，没有月亮
只有露珠在草叶和鲜花碎瓣上
滚动闪烁
只有夜风轻轻拂动
拨弄着我的心弦

没有亲情，没有忧伤
只有寒霜，在消瘦的黄花枝头
落满积雪
只有松林的涛声轻轻地呼唤
回旋着我的灵感

这深秋，这夜晚，这爱情，这友情
我数了很久，很久，很久——

这样的夜晚
我学会了带着微笑去写忧伤
我学会了眼含热泪去写幸福
我学会了滴血一路高歌
我学会了写诗淹没飘落的尘埃

飞啊飞

飞啊飞
飞向蓝天
找一条绿色的大海
建造一个崭新的世界

飞啊飞
飞向远方
寻一座青山峻岭
建造一片宽广的天堂

飞啊飞
飞向太空
找一块肥沃的田野
建造一片生气勃勃的海洋

飞啊飞
飞向心田
寻一方田地
播一粒欢快的种子
让未来生长出美丽的春天

泳之恋

我在大海上游泳
笑声朗朗的浪花
扑向我的胸膛
冲刷着我的双鬓
仿佛在坎坷的生活道路上
她和我开心戏耍

一会儿远远退去
将我陷进浪谷
一会儿伸出巨手
将我举上浪崖
发出可怕的笑声和呼喊
仿佛在叫我回答

我是一位胆怯的小姑娘
承受不了这神秘与巨大的落差
我回身想要躲避
浪花却又一次飞溅
落在我火红火红的脸颊
使我感到格外地凉爽、亲切

好像听到她在说
鼓起勇气爱吧！这就是青春

就是生命的火花

我懂得了大海的性格、情怀
便不再心惊胆战
我舒展开双臂，敞开胸怀
哪怕海角天涯，风高浪大
他将我举起放下
一同唱着爱之歌
一同披上斑斓的彩霞

距离

过去到现在还有一段路
那是心与心的距离
让我们坐下歇一歇
沿着心河流过的地方丈量
看看心与心还有多远

多年来，我始终把自己的心
放在醒着的时光里让它狂欢
放在睡着的黑夜里让它探索
放在沉郁的体外让它沉默、孤独

过去到现在还有一定的距离
心心相印最近
离心离德最远
让我心的河流里
摸摸它的尾羽
看看它的小眼
跟着河流欣赏它一生的繁衍
看看它，最后到达的终点
是否越来越宽，越来越险

也像人生一样
快乐地发展

杭州行

一

住在西湖畔世贸君澜大酒店
打开窗子
仰望着宝石山
不用想象
睡在了宝石山
丛林
是那样平稳，宽敞，厚重

二

走在断桥上
望着你的背影
我有好多好多的幻想
当你回过头来
我不敢如实对你讲

只能把它带到灵隐寺

烧炷香，求神灵保佑
解除我的忧怨
壮大我的胆量

三

六和塔上的灯是指路明灯
生命才会天长地久
防潮是句神话
十三层的身子
七层的心

自身难保
是镇钱塘潮的勇士
就应站在水中央

四

宋城想还原历史
总跟历史有一定的差距

五

“宗总万岁
娃哈哈万岁
中华人民共和国万岁，万万岁”

这是一位东北经销商老大哥
在娃哈哈厂庆时发言中响亮的呼喊
这喊声
与厂庆的主题紧扣
紧随祖国，从辉煌走向更辉煌
这喊声
是娃哈哈同人，也是全国人民
对你和祖国的期望
也是对娃哈哈和祖国传承的期盼
这喊声
是你亲民、爱民的回应
这喊声
把你同祖国，同伟人
同论，同赞

我的太阳

生命的早晨
我是一只小精灵
把妈妈当成我的太阳
手提着一竹篮水
绕着妈妈转个不停
让人们都搞不懂我
内心的梦境和心性

生命的中午
我成了孩子的太阳
用花篮装着炊烟和石山
绕着祥云，看着天
背着石头，望着山
扛着孩子去摸天
顺着风追赶儿女们走出山

生命的晚年
妻子成了我的太阳
竹篮的水已干，石头变成了山
孩子已成彩云又是天

我们何苦不当太阳
让他们也绕着我们转转圈

还给我

你偷走了
我的梦，哪怕是一股风
还给我那属于我的投影

你偷走了
我的青春年华，哪怕是一丝线
还给我那属于我的财富

你偷走了
我生命的太阳，哪怕只是一支手电
还给我那属于我晚上的白天

你偷走了
乡村的大树，哪怕是一根柴
还给我那属于我的脊梁

我愿

微火在狂风中灰飞烟灭
烈火在狂风中越烧越旺
我愿——
我的理想是烈火
能够经得起呼啸的狂风
能够经得起流逝的时光

我不能说

你最近饭量有点大
眼睛有点突出
可能是得了甲亢病
我不能说
你的笑容依然像玫瑰花一样
我不能说

我不能说
兔子尾巴长得太短
公务员的岗位存在危险
我也不能说
人到中年
你得这样的病要少吃饭、多锻炼
生命的节奏要不紧不慢

你的脚热、手凉
我的嘴烂、心慌
在现代朦胧诗的空间
找寻不到治愈我们俩心病的良方妙药

我才会像人

每天我都会在黎明的鸡叫声中醒来
一如既往地重复着人生平淡的生活
在希望中开花
在失望中结果

我喜欢鸡叫，又怕天黑
想起早，又厌烦滚滚红尘的轨迹
又怕在这极为寻常的发展中
造成我终生内心惶惑

我不知道明天会发生什么
不知道明天又会给我的生活
产生什么样的困惑
假如每个黎明都那么干净
洁白、明亮、清静
鸡才会活得像鸡
我才会像人

心声

我站在云头
望着故乡的山川
看见一位醉汉冒雨
从南往北急赶
你是谁呀
请你酒醒后
路过我的村口
别忘了告诉大槐树底下那位老娘
让她别等了
日本要买钓鱼岛
你儿子守护，回来还得几天

我站在云头
望着故乡的嵯峨山
看见山顶上站着一群大娘老汉
跪倒在地望着南飞的大雁
让大雁飞到海边
别忘了给我喊一声
儿子呀！祖国的大好河山寸土不能让
爹娘的决心像嵯峨山的石头一样坚硬

致残铁碎片

不要说你是一把功高盖世的残缺的镢头
莫要讲你是一座参天大楼拆下的钢筋
不要道你是一台精密车床上换下的残铁碎片
莫要喊你是一堆生锈的钢柱

虽都经过烧红、千锤百炼
虽都经过薄了、弯了、长了残酷的考验
虽都是闪闪发光的镰刀、锄头
虽都是整整齐齐亮铮铮的钢筋、铁板
虽都是新锃锃、明晃晃的车床

都有过闪光的青春火星飞溅
都有过闪烁奋斗的一生
你们还得重复残酷的生活
重新烧红
重新支在铁堆上
被锤一下一下地敲打
薄了、弯了、长了——
成了新的镰刀、锄头、钢筋、铁柱

在梦的悲哀里心碎

我做得最多的事
是用二分之一的时间
休息、做梦和写诗
请你们不要笑话我
浪费了人生短短的时光

我是一个发疯而高贵的神王
用我身后的眼睛和睡姿
看生活以外移动的墙
读得最厚的书是床
听得最多的是街上尘土飞扬
喊得最多的是帅哥、美女的娘
存在问题最多的是住房
啃得最多的是发黄的书和城墙
浪费最多的是女眷、丈夫和云烟
胸中装得最多的是记忆和海洋

请让我吻一口
出版社才发行的书本诗廊
不用语言安慰结局和开始

从这梦里才明白岁月不是天伦之神
梦的悲哀不是死于心肌梗死
而是死于心碎

放飞超英（外一首）
——献给超英公司二十五周年的歌

年轻呀！超英
你是青年
六百英俊潇洒的团队汇集云南
在这片神奇的热土上
让历史和未来在这里交会
激情和热血在这里涌动
智慧和勇气在这里激昂
梦想和远大的情怀在这里放飞
健康和生命在这里延续
长寿

年轻呀！超英
你是青年
你是一名英俊潇洒的少年
这才是穿越火线枪战王者
一切刀剑火海高山
你都能踩平踏成泥沙
你是一名年幼的少女

你会用你小巧玲珑的小手
编织出五彩艳丽的花环
放飞在母亲河的源头
让它飘飘洒洒带着中国梦

漂洋过海
美了世界
醉了中华

年轻呀！超英
你是青年
二十五年的发展
二十五年的沉迷
二十五年的荣光
二十五年的梦想
二十五年的苦涩
二十五年的荣耀
将像昆明的花朵绽放
四季里

年轻呀！超英
你是青年
矢志不渝的信念
公而忘私的情操
是非分明的品格
以苦为乐的境界

言行一致的作风
关爱群众的美德
开创了二十五年风雨历程
绘制了一条美丽的锦绣前程

年轻呀，超英
你是青年
你独特的个性和豪爽
大笔写出了创业的辉煌
铸造了超英情意装满
几万普民

超英西行

感恩

感恩超英
给你我南行的相互遇见
感恩五团
你我相聚携手并肩
感恩腾冲
让你我认识了历史、战争的残酷
感恩热海
让你我脚踏热土
头顶了一片蓝天
感恩翡翠
让你我懂得了稀少的价值

爱的尊严

感恩季节

让你我饱餐了五谷的甜香

幸福和时光的流淌

垃圾（外三首）

收垃圾的人
也收着自己
垃圾运走了
自己瘦羸的身躯
也成了垃圾

扫帚

清扫着垃圾灰尘
也磨减着自己
尘埃落定
自己也就精疲力竭
成了僵死的躯体

结伴

冬天冻成冰蛋的柿子
吃时
要放进冰水里
才能

把冰呼唤出来
看来
万物都会有
自己的血缘

血缘和血缘才能
结伴同行

精品

冬天生产加工的粉条
要夜间放在野外把冰冻出
第二天捶打取冰
才能晒干
夏天生产加工的粉条
也要放进速冻室把冰冻出
再捶打取冰
才能晒干
看来不论条件好、坏
是精品
都得经过磨炼捶打
才能成精

罚款

冬天的风把电杆吹断
停电了
母亲生火给上学的儿子做饭
风看见了赶紧把炊烟
吹散
生怕被巡查人员发现
又要罚母亲的款

颂歌

——庆七一城管所朗诵诗歌初稿

今天，我们站在市场监管庆七一大舞台
头顶铁锤和镰刀
铁锤锻打出现代文明的时代
镰刀收割民族兴旺的喜悦
我们的使命是确保市场秩序的平安

我们队伍的每名党员、公职人员
都牢记入党的誓言
永远跟党走
时刻准备为党和人民牺牲一切

听，震慑假冒产品的黑窝点有我们的呼声
查，企业、流通市场产品合格、食品安全是我们的目标
看，城管区域内每个角落都有我们的身影和足迹
考，同志们党性强、作风正是我们的生命线

莫要说披星戴月我们身上还带着咸涩的汗味
莫要道检查特种设备身上机器的油腻还没褪去
莫要讲在案头卷宗如山还得细查考究

莫要笑标准是我们的依据，计量是我们的生命

是谁迎着食品安全英勇挺身

是谁面对说情无言无畏
我自豪地回答
是我们市场监管的城管团队
我们都有过苦涩、有过悔恨、有过艰辛
我们都有过遗憾、有过积怨、有过忧伤
我们都有过欢乐、有过喜悦、有过兴奋
我们都有过美丽、有过微笑、有过成功

我们有的是质量卫士辛勤的布谷鸟
我们有的是喷薄的红太阳
我们有的是不熄的火种
我们有的是中秋的明月
我们有的是闪亮的晨星
我们有的是呼啸的火车头
我们有的是指路的明灯

让我们迎着太阳追着月亮
实现我们的梦想
展示我们市场监管的力量
让我们成为东方巨龙身上的一片闪光的鳞甲